FOLIO POLICIER

Simenon

Ceux de la soif

Gallimard

Georges Simenon, l'homme aux 400 livres et aux 100 000 femmes !

Personnage excessif, écrivain de génie, père du célèbre Maigret et d'une importante œuvre romanesque, Simenon restera l'un des romanciers majeurs de ce siècle.

I

Lequel des deux hommes était arrivé le premier en cet endroit? Et pourquoi choisir cet endroit-là plutôt qu'un autre? En quoi était-il différent du terrain environnant? On n'aurait pu le dire, et pourtant, pour ce qui était du terrain, la brousse y était moins dense qu'alentour et on sentait que c'était là qu'il fallait faire halte, et non ailleurs.

Les deux hommes, qui ignoraient mutuellement leur présence en ce moment, regardaient du même côté, vers la mer baignée de soleil où semblaient engluées les voiles d'une goélette. Puis il y eut ce frémissement qui annonce qu'un dormeur va se réveiller, ou qu'un animal va s'étirer, et les deux hommes, en même temps, cessèrent de fixer la mer et tournèrent la tête.

Ils ne marquèrent aucun étonnement de se rencontrer. Celui des deux qui avait le plus de barbe grise balbutia pourtant avec une déférence qui le troublait :

— Monsieur le professeur...

Et l'autre, qui ne portait qu'une barbiche, répondit par le silence. Voilà! c'était la même chose chaque fois qu'ils se rencontraient.

Il est vrai que le docteur Frantz Müller aurait presque pu prétendre que l'île lui appartenait. Lui seul, de Berlin, avait eu l'idée de vivre dans l'îlot le plus perdu des Galapagos. Et qui avait lentement tracé, jour par jour, de ses pieds nus, ce sentier déjà perceptible qui descendait jusqu'à la mer? Qui avait, par ses haltes, créé, oui, créé cette clairière où l'autre, maintenant, le nouveau, s'arrêtait de lui-même?

Il y avait cinq ans que Müller était ici avec Rita, et c'était lui encore qui avait prêté des graines de tomate et d'aubergine aux Herrmann.

Herrmann le savait bien, mais ce n'était pas tant pour cela qu'il était humble. La raison était plus lointaine. Elle venait d'Allemagne avec eux. Là-bas, tout le monde savait que le professeur Müller était un médecin éminent et qu'il écrivait des ouvrages de philosophie. Or Herrmann, lui, était préparateur à l'Université de Bonn. Juste la profession qu'il fallait pour lui faire comprendre toute la distance existant entre Müller et lui!

Les choses se passaient toujours de la même façon. Le professeur ne saluait pas, ne disait pas bonjour. Il l'avait annoncé une fois pour toutes : ce n'était pas la peine de venir si loin pour échanger des politesses.

Il n'était pas orgueilleux, ni méchant, peut-être

n'en voulait-il pas aux Herrmann de troubler la paix de son île.

Ce matin, comme les autres jours, il portait son pyjama à raies bleues qui était trop large pour son corps maigre. Ses cheveux d'un gris uni s'ébouriffaient autour d'un visage aux traits fins et burinés.

Quand il regardait la mer, il clignait des yeux et Herrmann sentait qu'il pensait, pensait.

Herrmann n'était pas plus gros, mais ses lignes étaient floues. Bien qu'il ne fût vêtu que de culottes courtes, on avait l'impression de le voir, là-bas dans le tramway électrique de Bonn, avec son complet noir, son parapluie sous le bras et ses yeux rêvant derrière des lunettes.

A présent, ces lunettes-là n'avaient plus qu'un verre, mais ce n'était même pas ridicule, parce qu'il n'y avait personne pour s'en apercevoir.

— Pourvu qu'ils apportent les médicaments, soupira Herrmann assez bas pour permettre au professeur de ne pas entendre si tel était son bon plaisir.

Il aurait tant aimé parler! Surtout de cela! Et il savait que c'était le point faible de Müller qui, quand il apercevait Mme Herrmann, avait toujours un regard curieux pour son ventre que commençait à gonfler la maternité.

Un enfant qui naîtrait dans cinq mois et qui aurait été conçu dans l'île! Est-ce que cela ne valait pas qu'on en parlât?

Dans une heure, la goélette mouillerait au

milieu de la baie et une embarcation apporterait à terre des vivres et quelques commissions. Il en était ainsi tous les six mois, après quoi on était tranquille.

— Ton fils va mieux? consentit à demander le professeur.

Et Herrmann chercha Jef du regard dans les broussailles, mais ne le trouva pas. A nouveau, il était ému. Il aurait voulu que rien ne vînt troubler l'harmonie de cette matinée, la joie de cette conversation et pourtant son instinct l'avertit que c'était déjà fini.

Il cherchait à gauche la maigre silhouette de son fils et c'est de droite qu'elle jaillit, tout près de Müller. Jef portait la même culotte kaki que son père. Sa poitrine était creuse, son visage irrégulier, la bouche trop grande, aux dents mal plantées.

— Jef! cria Herrmann.

Trop tard! Avec un bâton, le gamin venait d'abattre un pigeon qui ne s'était même pas écarté de sa route et maintenant, penché en avant, il le regardait mourir.

Müller se détourna et partit. C'était fatal. Il avait horreur de voir tuer des animaux. Pour ne pas être tenté de manger de la viande un jour de disette, n'avait-il pas pris la précaution, avant de quitter Berlin, de se faire arracher toutes les dents?

Il s'éloignait dans le soleil et froissait des

branches au passage. Il rentrait chez lui, derrière le bois de citronniers, où Rita l'attendait.

Herrmann était triste, tout à coup, mais il n'osait rien dire à son fils accroupi près de l'oiseau. L'air était de la même limpidité que l'eau du lagon où, en se penchant, on voyait errer des poissons de toutes les couleurs. Il n'y avait pas un frémissement de vie, le calme était si absolu, que le préparateur aperçut, à cinquante mètres de lui, un taureau sauvage, court et brun, qui l'observait depuis longtemps. Ils n'avaient bougé ni l'un ni l'autre. Le taureau ne s'en allait pas, mais fixait l'homme de ses gros yeux sans curiosité.

— Viens, Jef, nous irons à la plage.

Et le taureau ne bougea pas davantage quand ils passèrent.

— Le bateau est arrivé?

— Il jettera l'ancre dans une heure.

Rita était nue, comme d'habitude, non par volupté ou par coquetterie, mais parce qu'ils étaient venus aux Galapagos pour se rapprocher de l'état de nature. Elle n'était pas laide, ni belle. A Berlin, elle avait été une étudiante passionnée d'idées philosophiques, puis la femme d'un collègue de Müller; elle avait porté des robes comme tout le monde, offert des thés et des dîners dans une agréable maison de banlieue.

— Je pars avec le professeur Müller, avait-elle

annoncé un jour à son mari. Il n'y a rien entre nous. Il n'y aura jamais rien, mais je veux l'accompagner pour l'aider dans ses travaux et pour mener une existence conforme à mes convictions.

Maintenant, elle était occupée à nettoyer des couteaux, et ses seins qui étaient un peu mous, pâles malgré le soleil, remuaient à chaque geste des mains et des bras.

— A quoi pensez-vous, Frantz?

Ils ne se tutoyaient pas, malgré cette nudité, malgré le lit commun et, quand elle parlait de lui à Mme Herrmann, Rita disait toujours « le professeur ».

Elle n'avait pas besoin de le regarder pour savoir qu'il était mécontent. Il saisit un couteau et feignit d'examiner attentivement une petite tache de rouille. C'était un signe!

— Vous avez rencontré Jef?

— Donnez-moi un œuf, Rita.

Encore une chose qu'ils avaient changée dans la vie : il n'y avait plus de repas, ni d'heure pour quoi que ce fût. On mangeait à sa guise, quand on avait faim.

Müller cassa l'œuf dans un bol, le battit et ajouta du lait de coco, du sucre de canne et du jus d'ananas; puis il but cette liqueur et essuya sa barbiche.

Dès lors, c'était prévu, il allait faire le tour de son jardin avec la même mine mécontente.

Quelquefois Rita se demandait s'il ne serait pas capable, un jour ou l'autre, d'étrangler Jef. Les Herrmann, il les aurait supportés, malgré leurs travers. Pourtant il détestait, en rentrant, trouver Mme Herrmann assise dans sa case comme une petite bourgeoise en visite.

Mais ce n'était que ridicule. Herrmann aussi, avec son unique verre de lunette et ses « Monsieur le professeur ».

Seulement, penser que ces gens-là, qui étaient nés pour vivoter sur les bords du Rhin et pour boire du chocolat, le dimanche, dans les *Conditorei,* avaient traversé les mers à cause de Jef!...

Rien qu'à cause de lui, parce que les médecins allemands l'avaient condamné! Tuberculose et épilepsie! Il était idiot par surcroît et, à quinze ans, il ne prononçait que des syllabes inintelligibles, que sa mère arrivait à comprendre.

Il faisait :

— Houhou... Houhou...

Et elle traduisait, en souriant, pour l'excuser :

— Jef dit qu'il voudrait une banane.

Un être pareil dans une île où lui, Müller, était venu, abandonnant une des meilleures cliniques de Berlin, pour avoir la paix! Méchant, avec ça! Adroit comme un singe! Il avait découvert que les grosses tortues, même celles qui pèsent deux cents kilos et sur qui pourrait passer une locomotive, sont sensibles comme des bébés au défaut des écailles. Eh bien, il s'amusait pendant des heures à les supplicier ainsi, comme il tuait les oiseaux qui, dans l'île, n'avaient pas peur de l'homme.

Le plus renversant, c'est qu'après ça les Herrmann eussent encore l'impudeur de faire un enfant! Herrmann ne se rendait compte de rien et montrait le ventre de sa femme avec un orgueil de jeune marié.

— Rita.

— Oui.

— Il faudra mettre un vêtement...

Elle enfila une culotte courte, en souriant. Il n'était pas jaloux, mais il avait encore des idées de ce genre. Surtout qu'à bord du *San Cristobal,* qui venait tous les six mois de l'Equateur, il y avait souvent des journalistes pour l'interviewer. C'est pour cela que Rita souriait. Elle connaissait les petites faiblesses de Müller et elle savait par exemple qu'il ne serait pas content si, cette fois, il n'y avait pas de journalistes. Il regardait autour de lui et créait un certain désordre dans la case, afin d'écarter toute idée de vie conventionnelle.

En réalité, l'habitation n'était constituée que par des piliers de bois supportant un toit de tôle ondulée. Par terre, Müller avait étendu des nattes faites avec des bambous fendus. Il avait construit de ses mains une lourde table encombrée d'outils, un lit de bois mal équarri, mais il disposait pour son usage d'un fauteuil, un seul, un fauteuil pliant, en métal, qu'il avait apporté de Berlin.

Rita piqua une épingle dans ses cheveux bruns qui lui tombaient sans cesse sur le visage.

— Nous descendons? demanda-t-elle.

Descendre, c'était gagner la plage, à une heure de marche, là où le canot du *San Cristobal* accosterait.

— On emmène Hans?

Ainsi appelaient-ils l'âne qui broutait dehors et qui suivit le couple à petits pas, le long de ce qu'on pouvait appeler un sentier. Müller marchait le premier. Rita, les seins nus, les jambes finement veinées de bleu aux mollets, le suivait sans rien dire. L'air était très chaud. La saison des pluies touchait à sa fin et à certain endroit on franchit le ruisseau qui descendait par bonds vers la mer.

Parfois on marchait à l'ombre des citronniers et d'autres fois on pataugeait dans une brousse maigre parsemée de rochers noirs.

Quelque part, les Herrmann devaient être en marche, eux aussi, même Mme Herrmann, qui ne manquait jamais de venir voir le bateau.

Tout cela était doux et morne. Il régnait sur l'île une paix triste, mais jamais, ni Müller, ni Rita, ni les Herrmann n'y avaient fait allusion.

Cinq cents mètres plus bas, on aperçut le *San Cristobal,* qui avait déjà amené ses voiles, et Rita remarqua :

— Il y a une femme à bord.

Elle avait aperçu une robe blanche à l'avant. C'était même une apparition assez extraordinaire, car la silhouette, juchée sur le beaupré, dominait la mer, dans une attitude étrange d'envol ou de défi. On eût dit une de ces figures de proue que sculptaient les anciens marins, mais le tissu blanc vibrait à la brise et la tête de la femme, renversée en arrière, était comme ivre de volupté.

Malgré la distance, on entendait des bruits, un murmure de voix, puis il y eut soudain le vacarme de l'ancre tombant à la mer et de la chaîne se dévidant.

Müller marchait toujours. Rita et l'âne suivaient. Ils se perdaient dans les ombrages du sentier puis, de loin en loin, comme des nageurs, revenaient à la surface.

Les sons se multipliaient. Des palans grinçaient. La baleinière était à l'eau, et alors, pour la première fois, on entendit la voix de la femme. A ce moment, Müller et Rita cheminaient au plus profond du sentier, à cent mètres à peine de la mer invisible.

La voix aiguë, altière, une voix de commandement, lançait :

— Kraus!... Nic!... Venez ici tous les deux!... Contemplez mon domaine... A partir d'aujourd'hui, je suis la souveraine de Floréana!

Il n'y eut pas de rires, rien qu'un murmure approbateur. Rita s'avança vivement vers le professeur, mais celui-ci continua de marcher en regardant par terre.

— Professeur Müller?

Sans doute l'humble Herrmann ne fut-il jamais si gêné, ni si fier de sa vie. Les cinq habitants de l'île étaient réunis sur la plage, à regarder la baleinière qui s'avançait. L'inconnue se dressait à l'avant, toujours dans une attitude de figure de proue et, au moment où le canot raclait le sable noir, elle bondissait, étreignait les deux mains d'Herrmann.

— Ce n'est pas moi... balbutiait-il en désignant Müller qui tournait exprès le dos avec un air grognon.

— Oh pardon... professeur... Il faut que je vous dise ma joie de vous embrasser... J'ai lu tous vos ouvrages... Je suis une de vos disciples passionnées, comme vous en avez dans toutes les parties du monde...

Müller faisait de tout petits yeux, et la femme, apercevant les seins nus de Rita, s'exclamait avec un faux entrain, comme une femme du monde qui entre dans un salon :

— C'est là votre charmante compagne?

Elle embrassait Rita à son tour. Rien ne pouvait l'arrêter. Seule elle parlait, seule elle s'agitait dans le soleil et des demi-cercles de sueur se dessinaient sous ses bras.

— Pardon, mais j'oublie de me présenter! Comtesse von Kleber. Nic!... Approchez, que je vous présente... Nic Arenson, un de mes maris et mon aide de camp... A votre tour, Kraus!... Un jeune homme qui a quitté papa et maman pour me suivre...

Rien ne la démontait, ni le silence de Müller, ni le va-et-vient des matelots équatoriens qui commençaient à entasser des colis sur la plage.

Faute d'une autre inspiration, elle prit Rita par les épaules, tendrement.

— J'espère que nous serons amies et que vous avez les mêmes idées que moi. Demain, je serai nue aussi. Je ne suis pas jalouse. Et vous?...

Le patron du *San Cristobal,* un métis de Guayaquil au torse gras, regardait autour de lui avec ennui.

— Où va-t-on mettre tout ça? Vous savez que c'est la saison des pluies?

— Mais dans les cavernes! riposta la comtesse.

Il chercha le regard de Müller et sembla dire :

« Qu'est-ce que vous pensez du phénomène? ».

— Savez-vous que les cavernes sont à deux heures de marche et à près de six cents mètres d'altitude?

— Et après?

— Il n'y a pas de route, ici. Mes hommes...

Rien, non rien ne pouvait l'arrêter. Elle désigna l'âne.

— Et celui-ci? Chargez-le! Il est fait pour ça!

Certes, elle vivait une heure d'exaltation intense, mais on pouvait supposer que, à froid, elle avait les mêmes mouvements de folie.

— C'est à vous, professeur, cet âne aux oreilles coupées? Au fait, pourquoi sont-elles coupées?

Il murmura poliment :

— Pour le distinguer d'avec les ânes sauvages.

— Il y a des ânes sauvages, dans l'île? Vous entendez, Nic? Nous allons faire la chasse aux ânes! Mon Dieu, que c'est excitant...

Pendant ce temps, Herrmann s'était enquis de son colis. Mais qu'était, pour le patron, le petit paquet du préparateur en comparaison du chargement de la comtesse? On ne savait pas où on l'avait fourré. Herrmann dut gagner lui-même la goélette, et on le vit, le pantalon mouillé, aller et venir sur le pont, écarter les caisses, les poutres, les sacs.

— J'espère, professeur, que, pour le premier jour, vous nous invitez à déjeuner chez vous? J'ai une faim de loup!... Demain, déjà, j'aurai un toit, car j'ai apporté une maison démontable et ces hommes vont travailler jusqu'au matin si c'est nécessaire... Vous ne savez pas à quel point le gouvernement de l'Equateur a été gentil pour moi! Et les journalistes donc!... Ma cabine est pleine de fleurs... Je vous montrerai les journaux où l'on parle de moi sur quatre colonnes en première page...

— Vous comptez habiter l'île? questionna Müller, près de qui Rita se tenait coite comme un chien apeuré.

— Vous ne savez pas? C'est vrai que les

nouvelles n'arrivent pas jusqu'ici. Que c'est beau, le retour à la nature! Rien pour vous troubler, pas même les journaux! Toute la presse a parlé de mon départ et de ma décision de vivre à Floréana. Nous allons fonder, près des anciennes cavernes de pirates — vous voyez que je suis au courant! — un hôtel où viendront se retremper dans le calme les gens riches, fatigués par la vie moderne, ceux qui ont un yacht tout au moins!

Herrmann revenait avec son colis qu'il avait enfin découvert et allait s'asseoir sur le sable de la plage pour en faire l'inventaire. Le paquet contenait de tout, du coton, des bandes Velpeau, de l'huile de ricin et des désinfectants. Sa femme regardait, placide et souriante, jetant un coup d'œil inquisiteur à cette nouvelle venue qui était comtesse.

— Si le professeur ne les veut pas, nous pourrions peut-être les inviter, souffla-t-elle.

— Tu crois?

Mais Müller, résigné, prenait la tête de la petite troupe et s'engageait dans le sentier. Deux fois il se retourna vers son âne qui n'avait jamais eu à porter de charge et que les matelots écrasaient sous le poids de fardeaux.

— Vous ne trouvez pas qu'il a l'air bête? remarqua la comtesse... Kraus!... Enlevez-moi mes souliers... Je veux marcher pieds nus, comme le professeur...

Et Kraus, un jeune homme blond qui n'avait

pas plus de vingt ans, s'agenouilla pour déchausser sa maîtresse. Il la suivit en portant les petits souliers de cuir blanc, tandis qu'elle prenait le bras de son autre compagnon, Nic, comme elle l'appelait, un Juif dégingandé d'une trentaine d'années.

— Qu'est-ce qui vient de passer devant nous, professeur?

— Un cochon.

— Les cochons sont sauvages aussi? Tu entends, Nic? On pourra chasser le cochon!... Et dire qu'il y a des gens qui vivent à cette heure même à Montparnasse!... Au fait, quelle heure est-il à Paris?... Je parie que c'est la nuit et que les gens sont couchés...

Pour changer, elle parla russe à Nic et éclata de rire. Elle avait fait allusion à une de ses amies qui avait l'habitude d'être ivre, à *La Coupole,* dès onze heures du soir.

— C'est encore loin?

Le chemin était en pente. Avec l'effort, le silence vint et on n'entendit que des respirations pénibles. Rita, dans un geste qui semblait quémander protection, avait accroché sa main au bras de Müller. Celui-ci marchait toujours sans y prendre garde.

Les Herrmann étaient restés là-bas, près du bateau d'où venaient encore quelques cris des matelots qui débarquaient la maison démontable.

— Personne n'a pensé à apporter quelque chose à boire!

Ce fut la première défaillance de la comtesse. Comme par hasard, à ce moment, la pluie se mit à tomber en larges gouttes et, après une fausse impression de fraîcheur, la chaleur devint plus suffocante.

La robe blanche ne tarda pas à coller au corps. Les cheveux glissèrent le long des joues et, tantôt les pieds glissaient sur la terre mouillée, tantôt au contraire ils se heurtaient à des aspérités de lave durcie.

— C'est encore loin, professeur?

Elle essaya de sourire et lança un regard méchant à Rita qui ne souffrait pas de fatigue et dont les seins durcissaient sous la pluie.

Le sentier se transformait en ruisseau. L'eau tombait en cataractes et, de temps en temps, un petit citron mûr se détachait de sa branche et heurtait le sol avec un bruit mou.

— Remets-moi mes souliers, Kraus.

Elle ne pouvait pas s'asseoir et on dut la soutenir pendant qu'elle levait une jambe après l'autre. Ses pieds étaient meurtris.

— En Italie, pourtant, j'avais l'habitude... C'est cette affreuse lave...

Une flamme passa dans les petits yeux de Müller, parce qu'il sentait qu'elle avait envie de pleurer. Alors, pour la première fois depuis bien longtemps, il donna à Rita une douce émotion en passant sa main rêche sur la sienne, rien qu'un instant.

Cela suffit pour que Rita, sans s'en rendre compte, accélérât leur allure.

Pour voir l'autre affaissée définitivement dans la boue, elle aurait été capable de s'envoler!

II

Le lendemain matin, Rita devait pour la dernière fois voir à Müller ce rire enfantin qui, de loin en loin, éclatait chez lui comme une fusée. Il y avait déjà quelques minutes qu'elle avait entendu son compagnon se lever et, tandis qu'un rayon de soleil la gagnait, elle restait étendue, la chair contente, entrouvrant parfois les cils aux images lumineuses de l'aube.

Müller était allé jusqu'au ruisseau faire ses ablutions et, maintenant, le torse nu, le pantalon de pyjama glissant sur ses hanches nerveuses, il ouvrait les colis que la goélette lui avait apportés du continent.

Il y avait un sac de pommes de terre à replanter, cinq kilos de clous, un produit verdâtre pour dératiser le jardin, une scie à métaux.

Rita souleva les paupières et vit Müller à la fois préoccupé et ravi comme un gosse devant des jouets nouveaux. C'étaient peut-être ses yeux d'un bleu clair qui lui donnaient parfois cet air d'innocence, peut-être aussi la vivacité de toute sa personne, qui ne faisait pas penser à un homme de cinquante ans.

— Regardez, dit-il en posant négligemment quelque chose sur le lit.

Jamais ses yeux ne s'étaient allumés devant la nudité de sa compagne. Il s'assit près d'elle pendant qu'elle examinait un livre qu'il venait de déballer. Sur la couverture glacée figurait un portrait du professeur tel qu'il vivait dans l'île, demi-nu, un portrait qu'avait dû prendre un journaliste de passage et que les agences avaient transmis en Europe.

— Quelle langue est-ce?

— Tchèque...

C'était la première fois qu'un de ses livres était traduit à Prague et il s'efforçait de garder un visage indifférent, tandis que sa main courait sur la couverture lisse.

La Théorie des Quatre Mondes
par le professeur MULLER

Ce n'était rien, une petite joie seulement au milieu de la chaîne des jours, mais Rita elle-même se leva en fredonnant.

— Pas de lettre?

— Il y a une lettre de la légation allemande à Quito. Je ne l'ai pas encore ouverte.

Rita se lavait les dents. Il déchirait l'enveloppe,

déployait une feuille de papier et c'est alors qu'il rit comme lui seul savait rire, d'un petit rire sec, suite de glouglous étouffés.

— Ecoutez, Rita!

Monsieur le professeur,

J'ai l'honneur de vous faire savoir que depuis quatre mois déjà j'ai reçu de Berlin un certain nombre de documents concernant une action en divorce engagée contre vous par Mme Elisabeth Müller, née Vogel.

Il m'est malheureusement impossible de vous envoyer ces documents que je ne puis vous communiquer qu'en les bureaux de la légation ou par ministère d'huissier.

Je vous prie donc, si vous en avez le moyen, de bien vouloir me rendre visite, afin de prendre de concert toutes décisions qu'il semblera nécessaire.

Recevez...

Ce fut Rita qui dit tout bas, avec plus de tendresse que d'ironie :

— Liesbeth!

Rien ne pouvait être aussi inattendu. Rien non plus ne pouvait leur rappeler Berlin avec autant de force : Liesbeth, grasse et rose, avec sa voix de tête et ses robes de soie pâle, Liesbeth qui demandait le divorce!

Müller avait ri et relisait la lettre d'un air plus rêveur. Comment aurait-il pu ne pas revoir la villa si claire qu'ils habitaient en banlieue, les meubles et la décoration modernes, les rideaux de tulle dans le brouillard desquels on voyait passer l'immense tramway jaune roulant entre deux pelouses?

Le plus étrange, c'est que Liesbeth l'avait trompé avec Ehrlich, le mari de Rita! C'était un fait. Elle n'avait jamais nié. Elle n'était pas faite pour un homme comme le professeur, qui n'accordait nulle place aux amusements.

Quand il recevait, le soir, des amis comme Rita pour discuter de ses théories, Liesbeth s'asseyait dans un coin et lisait un roman, puis, invariablement vers onze heures, elle s'endormait.

Quelle drôle de chose que la réunion à quatre que Müller avait provoquée un jour! Ehrlich, qui n'était pas bête, se sentait mal à l'aise. C'était un médecin mondain, toujours tiré à quatre épingles. Il lançait des coups d'œil furtifs à Liesbeth.

— Voilà ce que je voulais vous dire. Je pars pour vivre le reste de mes jours dans une île déserte du Pacifique...

Liesbeth, automatiquement, avait eu les paupières garnies de larmes fluides et avait massé dans ses doigts un mouchoir parfumé.

— Je laisse ma femme ici, complètement libre Quant à Rita, elle désire m'accompagner et ce n'est pas moi que cela regarde...

Rita avait mis tout le monde à l'aise en déclarant, souriante :

— Vous serez beaucoup plus heureux ici tous les deux!

Ils avaient protesté pour la forme. Il y avait eu des embrassades.

Et maintenant Elisabeth voulait divorcer officiellement. Etait-ce pour épouser Ehrlich? Avait-elle un nouvel amour?

Müller replia la lettre et la glissa dans un portefeuille, qui contenait toute sa fortune.

C'était déjà fini. Cela n'avait été qu'une éclaircie et il redevenait grave. On entendait une voix d'homme qui, à cinquante mètres de la maison, chantait avec application une vieille romance allemande.

On reconnaissait ainsi Larsen, qui avait trouvé cette façon de s'annoncer pour éviter de tomber face à face avec Rita nue.

Elle se contenta de saisir un tissu qu'elle noua autour de ses reins, s'avança jusqu'à la porte et chercha dans le soleil.

— Ohé!...

— Ohé!...

On souriait rien que d'entendre cette bonne voix qui faisait présager de la fraîche figure du géant. Quarante ans auparavant, des pêcheurs norvégiens s'étaient installés dans l'île de Santa Cruz, la plus proche de Floréana, à douze heures de canot, et avaient entrepris de pêcher la baleine. Ils étaient repartis, mais l'un d'eux avait laissé un fils qu'il avait eu d'une Indienne.

C'était Larsen, qui restait fidèle à son îlot et qui, à bord de son cotre de sept mètres, venait de temps en temps à Floréana.

— Ohé, Rita!

— Ohé, Larsen!

Un vrai frère, un homme dont on avait plaisir à serrer la large patte.

— Le professeur n'est pas ici?

Müller sortit de l'ombre et le géant le salua avec respect.

— J'ai rencontré cette nuit le *San Cristobal,* et la patron m'a dit comme ça qu'on avait besoin de moi chez des Européens qui viennent d'arriver.

— Là-haut, aux grottes, répondit Müller.

— Contents?

Par sa mimique, Rita fit comprendre qu'ils n'étaient pas contents du tout et Larsen, assis sur le coin de la table, se leva.

— Je vais quand même jeter un coup d'œil. Je pourrai prendre quelques clous en repassant?

Il ne devait pas repasser ce jour-là, ni le lendemain, ni même le surlendemain et, dans son île, sa femme fut sans doute affreusement inquiète.

D'étranges journées, pour tout le monde. On ne savait plus comment on vivait. On entendait des bruits inaccoutumés. Le temps, par surcroît, était humide et chaud.

Pendant la nuit, les matelots du *San Cristobal*

avaient travaillé tant et si bien qu'ils avaient monté le plus gros de la maison de bois de la comtesse.

Müller ne l'avait pas encore vue. C'était à plus d'une heure de chez lui, là-haut, au point culminant de l'île, à trois cents mètres à peine de chez les Herrmann.

N'empêche qu'en cinq ans, il ne s'était pas dirigé quatre fois de ce côté, parce qu'il n'en éprouvait pas le besoin. L'île avait vingt kilomètres de long et il en parcourait toujours la même portion, entre sa bicoque et la mer, par habitude.

Quand les Herrmann étaient arrivés, il leur avait conseillé d'aller plus haut, afin d'être tranquille, et maintenant la comtesse s'installait plus haut encore. Tant mieux!

Elle avait choisi son terrain d'après les livres, c'était facile à deviner. Elle avait lu que les cavernes avaient été habitées par les pirates. Morgan lui-même s'y était terré après sa fameuse attaque contre Panama.

De là à affirmer que les grottes regorgaient de trésors...

Quand Müller les avait visitées, il avait trouvé dans l'une d'elles un trou creusé pour la fumée, deux ou trois meubles récents, des ossements d'animaux par terre et, dans la pierre, l'inscription suivante : *M. S.* 1923.

Qui était M. S.? D'où était-il venu? Etait-il

reparti, et comment? Ou bien était-il mort dans l'île?

En tout cas, Müller ne voulait pas monter là-haut pour savoir ce que faisait la comtesse, et Rita avait parfois un sourire maternel, car elle sentait qu'il en mourait d'envie.

C'était souvent comme ça. Rita considérait le professeur comme le plus intelligent des hommes, mais elle connaissait ses petits travers, qui l'attendrissaient.

Comment était faite cette maison démontable? Et la comtesse avait-elle vraiment envie d'ouvrir un hôtel?

— On ne nous a même pas ramené Hans, dit soudain le docteur, alors qu'il était resté plus d'une heure sans parler, à ranger ses clous dans des boîtes.

Il avait sûrement fallu qu'on l'attache, sinon, comme un chien, l'âne serait revenu tout seul.

La journée passa sans qu'on vît personne et Rita aurait voulu trouver un moyen de calmer la mauvaise humeur de Müller.

C'était malheureusement impossible. Jamais il n'aurait avoué sa curiosité.

N'y avait-il pas des choses beaucoup plus graves que, depuis des années, il n'avouait pas? Rita elle-même évitait d'y penser, mais parfois elle avait envie de le prendre dans ses bras tout simplement, comme font une femme et un homme ordinaires, de l'appeler par son prénom, de balbutier :

— Alors?

Cela aurait suffi. Ils auraient regardé la mer. Peut-être que Müller aurait soupiré et elle aurait compris. Peut-être ne seraient-ils pas partis pour cela, mais Rita aurait été soulagée.

Il y eut encore un orage dans la soirée et une pluie si serrée que toutes les tomates furent arrachées et pourrirent sur la terre. Müller y avait travaillé des semaines, attentif et silencieux. Qu'importe!

On ne vit pas les Herrmann. On ne vit personne! Tout le monde était là-haut, autour des nouveaux, même Larsen qui ne reparaissait pas.

Le lendemain, il en fut de même et le professeur, après avoir essayé pendant une heure de travailler à son livre, de définir un nouvel équilibre des forces matérielles et des forces spirituelles, alla se promener vers la plage.

Quand il revint, un certain frémissement de l'air lui annonça qu'il y avait quelqu'un chez lui. Il trouva en effet la comtesse von Kleber assise dans son fauteuil à lui, tandis que le jeune Kraus était accroupi à ses pieds sur une natte.

Rita s'était levée, comme elle le faisait toujours à son entrée, mais les deux autres ne bougèrent pas. La comtesse se contenta d'étendre langoureusement le bras pour lui donner sa main à baiser.

— Comment allez-vous, mon cher professeur? Je viens de passer une heure délicieuse avec votre charmante femme. Savez-vous qu'elle est vraiment excitante?

— Rita n'est pas ma femme, répliqua-t-il grognon.

Elle rit, se tourna vers le lit, qu'une cloison de bois haute de quinze centimètres séparait en deux.

— Cette planche suffit à protéger sa vertu? Vous ne me ferez pas croire, professeur, qu'un homme qui possède votre vitalité...

Il eut l'air de chercher son fauteuil des yeux et alla s'appuyer à la table.

— Vous êtes assis sur mes journaux. J'ai voulu que vous y jetiez un coup d'œil...

Il les regarda de haut, sans les saisir. C'étaient des quotidiens de Guayaquil, en espagnol, qui publiaient en première page le nom et le portrait de la comtesse.

— Ils ont très bien compris ce que je veux faire et le gouverneur a donné une grande fête en mon honneur...

Elle portait un pantalon très large, comme les femmes en arborent sur les plages. Sans doute, bien qu'elle fût plus mince que Rita, avait-elle les seins abîmés, car elle les cachait sous un soutien-gorge.

Elle fumait cigarette sur cigarette, jetait les bouts par terre, et c'était le jeune Kraus qui, à chaque instant, lui tendait un briquet allumé.

— Vous savez que j'ai fait la conquête d'un homme magnifique? Il m'a dit que vous le connaissiez. Ce Norvégien, Larsen... Je crois que je ne le laisserai pas repartir... Allons, Kraus, ne faites pas cette tête de vilain jaloux! Vous connaissez nos conventions...

Müller en avait déjà une barre de lassitude au front.

— Qu'avez-vous fait de mon âne? demanda-t-il froidement.

— Imaginez-vous qu'il nous rend de si grands services que nous allons le garder encore quelques jours.

— Je regrette d'en avoir besoin.

— Pour quoi faire?

— Pour travailler dans mon jardin.

— Rita me l'a montré, en effet. C'est merveilleux! J'ai déjà dit à Kraus de venir de temps en temps prendre une leçon chez vous, car nous aurons besoin de légumes et de fruits, nous aussi.

Kraus dut se lever et sortir, car il était pris d'une quinte de toux violente et le docteur conclut qu'il était atteint de tuberculose aiguë. Quand il revint, gêné, il avait les pommettes roses, les yeux brillants.

— Il imagine toujours qu'il est malade, expliqua la comtesse. Je crois plutôt que, s'il était moins amoureux, il ne se mettrait pas dans cet état.

Elle allait donner des détails. On devinait que

c'était son plaisir, qu'elle avait besoin d'éblouir et de scandaliser tout ensemble.

— Voulez-vous boire quelque chose? interrompit Rita avec un regard à Müller, comme pour s'excuser.

— Un whisky, volontiers.

— Je n'ai pas d'alcool. Nous ne buvons que du jus de fruits...

— Moi, j'ai apporté douze caisses de *White Label* et j'en attends autant dans six mois. Savez-vous combien nous avons de cigarettes avec nous? Vingt mille!... Il est vrai que, quand les yachts arriveront... Vous connaissez le banquier américain Paterson? C'est lui qui possède le plus grand yacht du monde. Je l'ai rencontré à Paris avant notre départ et il m'a promis d'être ici dans un mois...

Il y eut alors un petit incident qui donna à penser au docteur. On entendit des pas dehors, puis on vit la silhouette du Juif Nic Arenson s'encadrer dans la porte.

— Je vous cherchais... dit-il à la comtesse, sans saluer les autres.

Alors Kraus se leva à regret et alla se blottir dans un coin de la pièce, tandis que Nic prenait sa place et caressait d'une main négligente, ornée d'une chevalière à écusson, le genou de la comtesse.

— Comment va, docteur? Vous avez fait connaissance avec une femme? Originale, hein?

Beaucoup plus cultivée qu'elle ne veut le paraître...

Son regard glissait sur la poitrine nue de Rita et celle-ci, pour la première fois, en fut gênée.

Nic portait un pantalon de flanelle blanche, une chemise de soie marquée de ses initiales et il avait au-dessus des lèvres de petites moustaches taillées en virgules.

— Le travail avance?

— On pourra pendre la crémaillère demain. Cette brute de Norvégien travaille comme six hommes. En une journée, il a mis toutes les cloisons debout, et, pour le moment, il est occupé à placer les portes.

Nic avait presque autant d'assurance que la comtesse. Il s'étalait, comme chez lui, allumait une cigarette et faisait signe à Kraus, qui accourait avec son briquet.

— Rien à boire?

— Du jus d'orange, dit la comtesse en riant. Ce n'est pas pour toi, mon pauvre Nic. Le docteur est un pur. Regarde le lit...

Rita aurait bien pleuré, non à cause d'elle, mais à cause du professeur qu'elle sentait malade d'humiliation et d'énervement.

— Il y a autre chose à faire dans la vie que l'amour, proclama-t-elle avec une involontaire véhémence.

Mais la comtesse la regarda si étrangement qu'elle se troubla.

— Avouez, ma petite Rita, qu'il y a quand même des nuits où vous seriez heureuse de voir cette cloison disparaître.

— Pourquoi avouerais-je ce qui n'est pas?

Müller sortit, tranquillement, sans s'excuser, gagna son jardin où on le vit se pencher pour ramasser les tomates gâtées.

— Vous croyez qu'il est fâché? demanda la comtesse avec une confusion simulée.

— Je ne sais pas.

— Il est toujours aussi sauvage? Même quand vous êtes tous les deux? Vous ne devez pas vous amuser tous les jours...

Rita voulait le défendre. Elle se sentait les joues aussi pourpres que le jeune Kraus et elle lança :

— Je passe avec lui des heures divines, à l'écouter parler de philosophie.

— On s'en va? demanda cyniquement Nic qui bâillait.

Il tapota son pantalon blanc pour en faire tomber quelques poussières, regarda une dernière fois les seins de Rita qui, dans leur impudeur, dans leur imperfection étaient émouvants.

— J'espère que vous viendrez souvent nous voir, récita la comtesse. En tout cas, nous vous attendons demain avec les Herrmann pour pendre la crémaillère.

— J'en parlerai au professeur.

Le soir tombait. Penché en avant, Müller remuait la terre à l'aide d'une houe.

— Bonsoir voisin! lui cria de loin la visiteuse.

Il n'entendit pas ou feignit de ne pas entendre, car il ne se redressa pas. Quand Rita resta seule, elle put enfin pleurer, de nervosité, avec des petits sanglots rageurs. Elle n'osait pas aller vers Müller qui arrangeait toujours son jardin et elle ne savait où se mettre dans la case.

Ce n'était pas la première fois que le soir lui serrait ainsi la gorge et lui mouillait les yeux, mais jamais elle n'avait eu la même sensation de détresse.

Il y avait eu, pourtant, des semaines terribles, pendant lesquelles le professeur ne lui adressait pas la parole. C'était surtout quand il s'obstinait à travailler. A Berlin, il avait écrit trois ouvrages importants en quelques années, et celui qui était arrivé le matin, traduit en tchèque, datait de cette époque.

A Floréana, en cinq ans, il n'avait pas achevé son premier livre, dont il recommençait sans cesse les chapitres.

— Ici, j'éprouve le besoin de la perfection, disait-il dans ses moments d'épanchement.

Elle feignait de le croire. Elle restait immobile et silencieuse pour ne pas le troubler, mais elle voyait bien qu'il avait ses petits yeux inquiets et méchants.

C'est alors qu'elle avait envie de lui passer un bras autour du cou et de murmurer :

— Frantz...

Elle rêvait souvent que cela arrivait, qu'elle avait cette audace et que, du coup, tous les nuages disparaissaient, fondaient comme une peine fond en larmes, un ciel en pluie. Mais quand, le matin, de son lit, elle le voyait debout, le front déjà plissé, remuant des pensées tout en vaquant à de menus soins, elle n'osait plus.

Elle ne pouvait même pas, pour l'aider, lui préparer sa nourriture, car c'était un travail qu'il se réservait.

La nuit était tombée qu'il ne revenait pas encore et qu'il continuait à se courber sur ses plantes. Le gravier qu'il avait coltiné et étalé lui-même crissait à chaque pas.

Rita était appuyée à la principale colonne qui supportait le toit et elle ne voyait qu'une masse de verdure dans la pénombre, la ligne triste de quelques bananiers puis, haut dans le ciel, les palmes de cocotiers qui laissaient tomber de larges gouttes d'eau.

Une noix se détacha et éclata dans l'allée. Le docteur alla la ramasser, la rapporta, acheva de l'ouvrir d'un coup de machette, but la moitié du lait et tendit le reste à sa compagne.

Il était en sueur, ce qui était rare chez lui. Son regard fuyait le regard de Rita.

— Demain, j'irai reprendre notre âne, promit-elle avec l'arrière-pensée de le consoler.

Car il avait voué à cet âne, qui vivait librement

à leur arrivée, la même affection qu'un enfant voue à une poupée ou à un pantin.

Il ne répondit pas. Cela ne suffisait pas à le dérider. Elle faillit lui parler de Liesbeth et de la lettre du matin, mais elle jugea que c'était une question qui ne la regardait pas.

Elle y pensa pour elle seule, se souvint du salon et surtout du grand piano où un de leurs amis, un Polonais, qui avait un accent amusant et un visage marqué par la petite vérole, jouait du Chopin des heures durant, secouant une crinière rousse.

Cela se passait à une époque étrange, nerveuse, agitée; tout le monde parlait de politique et de famine. Des groupes d'ouvriers passaient dans les rues en brandissant des calicots menaçants.

Liesbeth affirmait souvent :

— Nous, nous sommes tranquilles, car Frantz soigne tous ces gens-là gratuitement.

Et les soirées finissaient toujours de la même manière, par un serrement de cœur, car Rita était jalouse de Liesbeth qui restait seule dans la maison avec son mari.

Maintenant, c'était elle qui était seule avec lui. Elle le regardait battre son œuf. Enfin, elle l'entendit qui prononçait :

— Je lui dirai nettement que nous ne voulons avoir aucun rapport avec elle.

Il en était capable. Elle l'imaginait, debout, pinçant un peu les narines et parlant d'une voix mate, coupante, puis s'en allant sans attendre de réponse.

Elle ne mangea pas et se coucha, toujours enroulée dans le tissu qui lui avait servi de vêtement. Le docteur traîna encore dans la case, sans allumer la lampe, car la lune s'était levée et l'éclairait suffisamment.

Enfin, il s'étendit dans l'autre partie du lit, soupira et le silence fut total.

L'eau calme du lagon faisait tout autour de l'île une ceinture de quiétude, mais à moins d'un mille sur les coraux, les vagues du Pacifique s'acharnaient, en rangs serrés, venues de loin, d'Asie ou d'Amérique, d'un pôle ou de l'autre, s'écrasaient, faisaient place aux suivantes qui s'affaissaient à leur tour et mettaient dans la nuit un lointain roulement de tonnerre.

III

Quand Rita revint avec l'âne, vers trois heures, le professeur, occupé à écrire, feignit de ne pas l'entendre. Il est vrai qu'elle était partie sans rien dire, par un sentiment assez bizarre. Elle n'était coupable de rien, au contraire, mais elle sentait qu'il valait mieux ne pas trop parler de là-haut.

De même, pour la première fois, avait-elle revêtu une robe de toile jaune, la seule qui lui restât de sa vie européenne. Ce fut cette tache jaune passant et repassant dans le champ de son regard qui attira soudain l'attention de Müller et il posa sa plume, regarda le vêtement en fronçant ses sourcils broussailleux.

Alors, Rita prononça très vite, d'une voix qui était d'un ton trop haut :

— Ils ont blessé le pauvre Hans...

C'était vrai. L'âne avait les genoux profondément écorchés et son poil était crasseux.

Rita profita aussitôt de ce que le professeur tâtait la bête des sabots au museau pour retirer sa robe d'un geste rapide.

C'était déjà un soulagement. Elle aurait encore voulu aller se baigner au ruisseau, mais elle n'osait pas le faire tout de suite.

— Ils ont construit une vraie maison, dit-elle, en pressant une orange dans un bol.

— Ils auraient mieux fait de laisser notre âne tranquille, grogna Müller.

— Il y a des chambres, avec des portes et des fenêtres, et même un écriteau, comme dans une ville : *Hôtel du Retour à la Nature.*

Elle savait bien qu'il ne la questionnerait jamais, qu'il n'irait jamais là-bas, mais qu'il avait néanmoins envie de savoir. C'est pourquoi elle parlait, comme pour elle-même, tandis qu'il faisait un pansement à Hans. C'était l'heure chaude. Un rideau de bambous pendait du côté du soleil et la lumière n'arrivait que par raies horizontales. Sur la table, les feuilles de papier blanc étaient striées de ces raies comme de lignes d'écritures, mais Rita avait vu, dès son arrivée, que son compagnon n'avait presque pas travaillé.

— Je crois que les Herrmann sont tout le temps collés là-bas...

Elle récitait sans conviction et, si Müller l'avait regardée, elle n'aurait pas osé continuer, car elle avait la sensation de mentir.

— Ce matin, c'était la mère Herrmann qui faisait leur popote, comme une servante...

C'était vrai. Seulement, ce n'était pas dans cet ordre qu'elle avait enregistré ses impressions. En passant devant la hutte des Herrmann, elle avait crié bonjour à tout hasard, et elle avait constaté qu'il n'y avait personne. Un peu plus loin, elle avait aperçu le gamin idiot visant les oiseaux avec une carabine qui ne lui appartenait pas.

Puis, là où jadis il n'y avait rien, elle avait soudain découvert une maison et cela lui avait fait quelque chose, de voir des fenêtres surtout, de vraies fenêtres, un toit rouge, de la fumée sortant d'une cheminée.

Comme elle entendait du bruit vers la droite elle s'était dirigée de ce côté et elle avait rencontré le jeune Kraus et Herrmann qui débroussaillaient à grands coups de faucille.

— Mon âne n'est pas ici?

Herrmann, gêné, s'était empressé de déclarer :

— Vous voyez, nous sommes venus donner un coup de main... Entre voisins...

Kraus montrait un visage dont on pouvait compter les os.

— Rita!

Elle fut un moment sans repérer l'origine de la voix. Enfin, elle se dirigea vers la véranda où, de l'extérieur, elle ne voyait personne.

— Entrez, ma petite Rita...

Maintenant, Rita racontait au professeur, d'une voix neutre :

— Ils boivent de l'alcool toute la journée... Seul Kraus travaille comme un domestique.

Mais elle ne disait pas tout. Quand elle avait

gravi les marches de la véranda, elle avait découvert un vaste divan de rotin sur lequel la comtesse était étendue, vêtue d'un peignoir entrouvert. Larsen, qui devait être couché près d'elle, l'instant d'avant, s'était assis et ne savait quelle attitude prendre.

— Venez, Rita, que je vous embrasse... Mais vous avez mis une robe, ma parole!... Nic, regarde comme elle est charmante ainsi!

Nic était de l'autre côté de la véranda à demi étendu dans un fauteuil transatlantique, près d'une table couverte de verres et de bouteilles.

Rita, qui n'osa pas refuser le baiser de la comtesse, fut prise de panique quand elle sentit les mains de celle-ci se promener sur son corps.

— Tu as la peau douce, Rita... Assieds-toi... Nic! apporte-lui à boire!...

Il y avait quelque chose d'étrange, d'effrayant dans la voix, et ce n'est que plus tard que Rita comprit que la comtesse était ivre.

— Tu as un corps douillet et un peu fade de petite bourgeoise...

Larsen fuyait son regard et, tandis que Nic remplissait un verre, Rita croyait sentir l'effort de la comtesse qui cherchait quelque chose à faire, ou quelque chose à dire, n'importe quoi.

On eût dit qu'elle avait horreur de la paix, du vide. C'était une machine qui avait besoin de tourner à plein régime et qui cherchait un aliment. Elle était crispée, tous nerfs dehors.

— Bois avec moi...

— Merci. Je ne bois jamais d'alcool.

— Allons! du moment que ton professeur n'est pas là...

Elle aurait voulu se dégager, mais le bras de la comtesse la maintenait assise au bord du divan.

— Regarde-la, Nic!... Je te jure qu'elle a peur... C'est extraordinaire, mais je ne me suis pas trompée... C'est une vraie petite bourgeoise que nous trouvons dans une île déserte...

Larsen s'était levé et se tenait accoudé à la balustrade de la véranda, tourné vers l'extérieur.

— Embrasse-la, Nic!... Elle est douce comme...

Et Rita vit tout près d'elle le visage de Nic, ses fines moustaches, ses lèvres épaisses. Elle recula. Il y avait quatre mains sur son corps, celles de la comtesse et celles de l'homme. La comtesse riait d'un rire nerveux.

— Embrasse-la, Nic!... Mieux que ça...

Le contact eut lieu et dura longtemps, car Rita ne pouvait bouger, coincée qu'elle était entre les deux corps. Elle sentait l'odeur forte de la comtesse. Elle respirait avec peine, hésitait à se débattre encore.

— Assez, Nic... Tu vas l'étouffer...

Rita se retrouva debout, vacillante, les lèvres meurtries, à ne rien voir, à ne rien entendre. Elle devina seulement :

— Une vraie petite bourgeoise pour toi, mon Nic...

— Je veux l'âne, articula-t-elle.

— Je vais vous le donner, intervint Larsen, qui descendit vivement les marches et contourna la maison.

Rita le suivit, la tête bourdonnante, se faufila entre des caisses et des monceaux de planches, vit Hans attaché par une patte à un pieu.

Et, maintenant, des heures plus tard, elle récitait, cependant que le professeur se donnait l'air de ne pas entendre :

— Larsen est devenu son amant et oublie sa femme...

Au moment où elle détachait l'âne, le géant norvégien lui avait murmuré, pourtant :

— Demain, je partirai...

Ce n'était plus le même homme. Il avait bu, lui aussi. A dix heures du matin, comme les autres, il était mal réveillé. Que pouvait penser sa femme, restée seule dans l'île de Santa Cruz? Rita et lui s'étaient quittés très tristes, avec l'air de se demander mutuellement pardon, tandis que, dans la cuisine, Mme Herrmann, un tablier noué sur sa robe, allait et venait comme une servante.

Voilà!

Rita n'avait plus rien à craindre. Müller ne lui demandait rien et s'installait à sa table pour essayer de travailler. Elle mangea encore une orange pour effacer le goût des lèvres de l'homme, puis elle se dirigea toute seule, la chair inquiète, vers l'endroit du ruisseau où l'on pouvait s'asseoir dans l'eau sur le gravier.

La comtesse était arrivée en septembre, et voilà que les jours d'octobre défilaient un à un. Déjà la saison des pluies finissait pour faire face à la sécheresse qui allait durer six ou sept mois.

Bientôt il n'y eut plus que de brefs orages, vers la soirée le plus souvent, et quand ils restaient trois jours sans éclater, Müller devait arroser certains légumes comme les aubergines et les courges. Il avait un vieux bidon de dix litres qu'il allait remplir au ruisseau et, trente fois, quarante fois, il parcourait le même chemin, sans hâte ni lenteur, sans ennui ni lassitude.

On ne voyait personne et cinq semaines s'étaient écoulées qu'on ne savait encore rien de ce qui se passait là-haut.

Larsen s'était bien arrêté devant la hutte, le troisième matin de bonne heure. Il avait aperçu Rita mais, contre son habitude, il s'était contenté d'un geste en guise de bonjour et avait repris son chemin.

Cela se traduisit, dans la maigre conversation du couple, par une simple phrase :

— Larsen est retourné chez lui...

Donc, il y en avait un de moins à l'*Hôtel du Retour à la Nature*. Est-ce que les Herrmann étaient toujours collés là-haut? Allaient-ils devenir, comme Kraus, les serviteurs de la comtesse?

De temps en temps, on entendait un coup de feu du côté des cavernes et Müller ne disait rien; il n'y avait que l'âne à frémir des pieds à la tête, comme s'il eût pressenti un danger.

Rien que du fait de ces détonations, c'était toute une époque qui finissait. Quand Müller et sa compagne étaient arrivés dans l'île, les animaux n'avaient aucune peur de l'homme. Sur la plage, la distraction avait été longtemps de caresser les lions de mer moustachus qui les regardaient avec un ahurissement comique.

Les iguanes, immobiles sur quelque rocher, attendaient qu'on touchât leur peau rude pour reculer prudemment et les cormorans aux pattes bleu pastel volaient si près qu'on eût pu les saisir dans les mains.

D'autres animaux étaient moins farouches encore : les cochons noirs, les ânes et les taureaux qui descendaient d'animaux domestiques amenés dans l'île un siècle auparavant, quand on avait fait un essai de colonisation.

Les hommes étaient partis. Les bêtes étaient restées et avaient fait souche au point que, certains jours, Müller rencontrait jusqu'à dix taureaux paissant à l'ombre des citronniers.

Maintenant, on tirait, et chaque cartouche brûlée avait une résonance profonde. C'était un choc que le professeur devait ressentir jusqu'au plus intime de son être.

Il travaillait. Jamais il n'avait autant écrit, de sa petite écriture maigre dont les lignes avaient toujours l'air de s'enchevêtrer.

C'était sa grande œuvre, qu'il avait exposée dix fois à Rita, celle où il essayait de reconstituer la chaîne entre les différents mondes : le physique, le psychologique, le psychique et le religieux.

Mais on aurait dit qu'il avait peur de lui-même car, contrairement à son habitude, il ne se relisait pas. Il allait de l'avant, comme pris de vertige. Il ne parlait plus. Parfois, il restait deux jours sans mettre les pieds dans son jardin, sans ranger ses boîtes à clous et ses outils.

La comtesse et ses compagnons étaient loin. On ne les voyait pas et, pourtant, ils étaient présents, comme un orage est présent dans l'air. On vivait avec eux malgré tout et il arrivait à Rita de deviner comme une odeur de cigarette anglaise, de whisky, l'odeur de la bouche de Nic...

Une fois, à l'endroit où ils s'étaient rencontrés le jour de l'arrivée du *San Cristobal,* Müller et Herrmann se trouvèrent à nouveau l'un près de l'autre, à regarder la mer dans l'infini de laquelle plongeait un soleil rouge.

— Monsieur le professeur...

Herrmann avait maintenant deux verres à ses lunettes, mais le second ne devait pas être à sa vue, car c'était un verre que Nic lui avait donné. Müller remarqua aussi que sa barbe était taillée plus court et il eut une moue de mépris.

— Vous savez, monsieur le professeur, que la comtesse attend un yacht d'un jour à l'autre?

C'était pitoyable de voir sa frayeur et son embarras. Il voulait être bien avec tout le monde, le malheureux, et il ne savait que dire, ni que faire!

— Il ne faudrait pas qu'il en vînt beaucoup, c'est certain, car cela compromettrait vos travaux. Mais, une fois de temps en temps, ce sera une distraction, n'est-ce pas?

Il n'avait jamais tant parlé. Il guettait l'effet de ses paroles et Müller restait impénétrable, à laisser courir son regard sur la ligne d'horizon.

— J'oubliais de vous faire une commission. La comtesse m'a prié de vous dire que, si vous avez besoin de quelque chose, elle est à votre disposition. Elle a apporté de tout, des caisses et des caisses de conserves, des lampes, du pétrole, du matériel à ne savoir qu'en faire, pour cent mille francs peut-être de marchandises diverses...

Tout en disant ça, il était honteux au point d'être embarrassé de ses mains.

— Ce qui est précieux, c'est qu'il y aura une femme de plus pour aider Maria à accoucher... Evidemment, ce ne sont pas des gens comme nous...

— Tais-toi! soupira le professeur avec lassitude.

L'autre l'écœurait. Tout l'écœurait, même ce coucher de soleil dans les eaux pourpres duquel voguait peut-être le yacht annoncé. Il arriva le surlendemain et Rita ne vit pas Müller de toute la journée, ignora même dans quel coin il s'était embusqué.

On aperçut le bateau dès le matin, au milieu de la rade où il avait dû mouiller pendant la nuit et, un peu plus tard, des gens passèrent en courant comme des fous et en glapissant de joie.

La comtesse avait posé une couronne de fleurs blanches sur ses cheveux et portait d'autres fleurs autour de la taille et des poignets.

— Tu viens, Rita? Ce sont nos amis qui arrivent.

Rita se cacha dans le jardin et entrevit Kraus, Nic et les Herrmann qui suivaient.

Cette fois, ce ne furent pas seulement des coups de carabine qui ébranlèrent l'atmosphère, mais des coups de canon, tirés du yacht en l'honneur de la comtesse.

De la journée, on ne vit personne. Il y eut seulement, persistant, obsédant, le ronronnement d'un moteur d'embarcation, car une vedette parcourait la baie en tous sens et se livrait à la pêche.

Tout le monde dut déjeuner à bord et Rita resta seule, sans deviner où pouvait être Müller, seule dans la maison sans murs, sans fenêtres, seule sous ce toit de tôle ondulée que supportaient des piliers de bois. Ce ne fut qu'à la nuit qu'éclatèrent des voix de plus en plus proches et qu'un serpent lumineux se dessina le long des méandres du chemin.

Les gens du yacht portaient des torches électriques. Ils marchaient en chantant des chansons anglaises ou écossaises et on distinguait le soprano aigu de la comtesse.

Le professeur n'était pas encore de retour et, pourtant, Rita avait l'impression qu'il n'était pas loin, qu'il était peut-être tapi dans l'obscurité, très près d'elle, comme cela lui arrivait. C'était un goût, chez lui. Il n'agissait pas ainsi pour faire une farce, mais sans doute aimait-il assez cette présence invisible qu'il révélait soudain par un mot ou par un toussotement.

En tout cas, comme elle l'avait fait le matin, Rita se cacha derrière les premiers arbres du jardin dès que la troupe se rapprocha.

Elle put voir ainsi la comtesse échevelée, qui avait à son bras un homme d'un certain âge, en uniforme de marin, la casquette blanche sur la tête. La comtesse, qui était ivre, portait elle aussi une casquette d'uniforme.

— Rita... cria-t-elle en entraînant les autres vers la case. Où es-tu, ma petite Rita, que je te présente à mes amis?...

Elle expliqua en riant :

— Elle doit avoir honte, parce qu'elle est nue... Elle se promène toujours nue, sauf le jour où Nic l'a embrassée... Tenez!... Regardez si ce n'est pas rigolo..

Il y avait deux femmes inconnues, très blondes, en vêtements de plage, et une demi-douzaine d'hommes encore. Mme Herrmann suivait, effarée, cet étrange cortège.

— Ils couchent depuis cinq ans dans ce lit et ils essayent de faire croire qu'il ne se passe rien entre eux... Si c'est vrai, c'est une affaire pour Nic... N'est-ce pas, Nic?

De sa place, Rita, qui retenait son souffle, pouvait apercevoir le profil chevalin du Juif éclairé par une torche électrique.

— Ils ont dû s'en aller pour ne pas nous rencontrer... A vrai dire, je crois que le professeur est un peu loufoque... Imaginez-vous qu'il s'est fait arracher toutes les dents pour ne pas...

La voix faiblit. La troupe s'éloignait vers le haut de la colline tandis que Rita n'avait même pas le courage de quitter son abri.

Elle était aussi lasse que si on l'eût battue. Une voix dit, à un mètre d'elle :

— Rentrez...

Et il n'y eut pas d'autres mots échangés. Pendant quelques minutes encore, Müller vaqua à divers soins, puis ils se couchèrent tous deux, éclairés par le faible halo de la lune, tandis que la fête éclatait à l'*Hôtel du Retour à la Nature.*

L'histoire de l'âne ne commença que le lendemain. Il était près de midi et Müller construisait un casier pour ranger ses papiers quand le jeune Kraus se présenta, non sans quelque gêne.

— Je vous demande pardon! balbutia-t-il, timide.

Rita resta nue devant lui et le professeur l'observa curieusement.

— La comtesse m'envoie pour vous demander de lui prêter votre âne. C'est pour ses invitées, qui voudraient faire une excursion.

Le marteau à la main, un clou entre les lèvres, Müller se contenta de grommeler :

— Je ne prête pas mon âne.

— Elle m'a bien recommandé d'insister et de vous dire...

— Mon âne restera ici.

Kraus bafouilla encore quelques mots et s'en alla piteux, vers l'*Hôtel du Retour à la Nature*. Rita était contente, Müller fredonna en achevant son travail dont il était très fier, car il se révélait assez habile menuisier. Chaque fois qu'il enfonçait une pointe d'un seul coup de marteau, il avait un furtif regard vers sa compagne, comme pour quêter une approbation.

— Elle nous laissera tranquilles, prononça Rita une demi-heure au moins après le départ de Kraus.

Mais, deux heures plus tard, une rumeur annonçait de nouveaux arrivants et, l'instant d'après, la comtesse débouchait du sentier, au bras de l'homme en tenue de yachtman, suivie de quatre ou cinq autres personnes.

Alors, posément, Müller alla se camper à l'entrée de la hutte et regarda les intrus en faisant ses plus petits yeux.

— C'est exact, professeur, que vous ayez refusé à Kraus de me prêter votre âne?

— Exact, oui.

Elle feignit de rire.

— Je suppose, n'est-ce pas, que c'était une plaisanterie? Vous savez qui je suis. Vous savez peut-être aussi que mon compagnon ici présent, à qui appartient le yacht, n'est autre que le banquier américain Paterson...

Les traits de Müller ne bougèrent pas.

— Une de nos amies, qui est une célèbre vedette de cinéma, s'est trouvée fatiguée et c'est pour elle...

Elle dut sentir qu'elle perdait son temps, car elle s'interrompit, changea de ton :

— Voulez-vous, oui ou non, nous prêter votre âne?

— Non.

La syllabe tomba comme un caillou dans l'eau. Le yachtman aux cheveux d'argent et au teint hâlé eut un geste fébrile de la main.

— Parfait, professeur, ragea la comtesse. Messieurs, vous êtes témoins. Vous avez entendu ce demi-fou refuser son âne à une femme fatiguée. Au besoin, nous pourrions le lui prendre de force et je crois qu'il n'aurait rien à réclamer. J'aime mieux le laisser à ses marottes. Je tiens à lui dire, toutefois, que l'incident n'en restera pas là. Je vous remettrai une lettre pour les autorités équatoriennes et pour l'ambassadeur d'Allemagne, qui est de mes amis...

Müller la regardait avec autant de calme que si elle eût été transparente et que s'il eût contemplé la verdure au travers.

— Vous êtes là, Nic?... Nic!... Où êtes-vous?

Le jeune Juif passa au premier rang et la comtesse poursuivit :

— Vous pouvez dire à notre ami Paterson que, quand je suis arrivée, j'ai fait fi des contingences sociales, des différences de classes et que je me suis présentée ici avec autant de gentillesse que possible. J'ai même mis nos provisions à la disposition du professeur et de sa femme, qui a soin de ne pas se montrer...

— Je vous demanderai, mesdames et messieurs, de bien vouloir me laisser travailler, articula Müller.

— Vous prétendez peut-être nous chasser de cet endroit, qui ne vous appartient pas plus qu'à nous?

Il ne répondit pas. Il était plus calme et plus doux que jamais et Rita qui, de la case, le voyait de profil, était joyeuse.

La comtesse ne pouvait s'en tenir là et elle chercha autre chose, crut trouver.

— Il apprendra avant peu que le gouvernement de l'Equateur m'a donné la concession de l'île entière... Je suis ici chez moi... Venez, Paterson!... Laissez ce goujat à sa folie...

Et elle rit, elle rit comme on pleure, sans pouvoir s'arrêter, à s'en faire mal à la gorge.

Le soleil était haut dans le ciel. Les pas de la troupe soulevaient la poussière du sentier.

Müller alla s'asseoir un instant dans son fauteuil, sans rien dire, puis il se leva et caressa de ses doigts velus et fins le petit meuble qu'il venait de façonner. Une voix lui fit détourner la tête. C'était Rita qui embrassait l'âne et qui murmurait :

— Mon pauvre Hans!... Je crois bien que te voilà condamné.

Trois jours plus tard, en effet, l'âne aux oreilles coupées était mort.

IV

Si Rita avait pu railler un travers du professeur, elle l'aurait fait des patients efforts qu'il avait voués jadis et qu'il vouait encore à la conquête de son âne.

Qu'une femme qui n'avait rien à attendre de lui le suivît jusqu'à un îlot perdu du Pacifique, qu'elle vécût dans son ombre sans rancœur, ni impatience, il ne semblait pas s'en soucier. Et s'il trouvait quelque désordre dans ses outils, si Rita, une fois de plus, avait essayé un plat et l'avait raté, il soupirait avec insistance.

Chaque matin, par contre, ses petits yeux riaient quand il regardait le paresseux Hans qui attendait que tout le monde fût levé pour se hisser péniblement sur ses pattes. Avait-il des prunelles d'âne ou non? Le professeur prétendait que non. Mais il ne disait pas non plus qu'Hans avait des yeux humains. Il disait des *yeux éternels*.

Hans, en tout cas, était clownesque, et de lignes, et de caractère. Il avait pris l'habitude de suivre son maître dans sa promenade matinale. Mais que Müller se retournât et l'âne faisait semblant d'être occupé ailleurs.

On aurait juré qu'il ne voulait pas avoir l'air d'obéir et, d'ailleurs, à un moment donné, quand il jugeait que sa route et celle du maître ne coïncidaient plus, il continuait tout seul avec un air de promeneur consciencieux.

Müller riait, peut-être avec une pointe de mélancolie.

Le plus pénible, justement, dans l'histoire de l'âne c'est que l'âne mourut par sa faute, qu'il alla se jeter de lui-même au-devant de son sort.

Et c'était presque un symbole. Que lui avait-on fait là-haut? On l'avait attaché à un pieu! On l'avait écrasé sous les fardeaux et on l'avait roué de coups!

Alors, pourquoi, par quelle aberration subissait-il, lui aussi, l'attrait de l'*Hôtel du Retour à la Nature* et s'acheminait-il, ce matin-là, vers la mort?

Müller en eut le pressentiment. Il se promenait dans le bois de citronniers le plus proche de chez lui, quand il vit Hans continuer sa route vers la colline. Pourquoi ne le retint-il pas? Il n'eût pu le dire.

La nuit avait été fatigante. Trois fois au moins, la bande de la comtesse était passée en criant et en chantant à proximité de la case. Des coups de fusil avaient été tirés. Des feux de bengale avaient empourpré le ciel.

Et tout cela sentait la volonté mesquine d'épater. A moins de dix mètres de chez lui, Müller avait même retrouvé des bouteilles de champagne vides dans l'herbe piétinée. Rita, éreintée par cette nuit blanche, était encore au lit.

Quant au professeur, il était aussi las, aussi écœuré que s'il eût bu lui-même et chanté jusqu'au matin.

La bande devait dormir, à bord du yacht dont l'habitacle, de loin, scintillait comme une boule de feu.

Müller rentra chez lui.

— Vous n'avez pas ramené l'âne? demanda Rita qui avait des pressentiments, elle aussi.

Il haussa les épaules et la journée se passa ainsi, maussade, à traîner de-ci, de-là. Il y eut un autre motif de mauvaise humeur.

Peut-être pour se remettre en train, Müller avait arraché quelques plants de pommes de terre qu'il avait eu tant de mal à faire pousser. Il les avait épluchées lui-même puis, quand elles furent cuites, on constata que les pluies des derniers jours les avaient pourries.

Du moins eut-on le soulagement de voir partir le yacht américain et, une heure plus tard, la comtesse passait sur le chemin avec ses deux compagnons.

Le soir, l'âne n'était pas revenu. Cela lui arrivait rarement, mais cela lui était déjà arrivé et le couple évita d'en parler. Seulement, le lendemain, Müller fut debout de très bonne heure et Rita remarqua qu'il se rasait les joues, taillait sa barbiche en pointe et endossait un pyjama propre.

— J'ai cru entendre un bruit, cette nuit, dit-elle.

— Moi aussi.

Müller partit et Rita l'attendit toute la matinée. Le soleil avait dépassé le zénith quand elle le vit revenir seul, un rictus amer aux lèvres.

— Elle l'a tué, annonça-t-il simplement.

— Elle a tiré dessus?

— Elle a fait tirer dessus par Herrmann...

Il avait encore de la peine à y croire. Et, pourtant, aucun doute n'était possible. La comtesse et ses compagnons avaient découvert Hans près de leur maison et l'avaient d'abord attaché à un pieu.

— Ils ont bu et chanté jusqu'à près de minuit, avait dit Herrmann.

Müller avait vu de loin la fameuse véranda où se déroulaient ces orgies. Il imaginait sans peine la comtesse, de plus en plus exaltée, se demandant ce qu'elle allait faire de l'âne.

L'idée, en tout cas, dut lui venir à elle, ou alors à Nic Arenson. Ils avaient détaché l'âne, dans la nuit, et ils l'avaient emmené jusqu'à la palissade de bambous entourant le jardin d'Herrmann.

C'était à peine vraisemblable et, cependant, ils

avaient fait cela! Ils avaient poussé la bête dans l'enclos et, sans doute, avaient-ils attendu ensuite, tapis dans l'ombre.

Hans pataugeait dans les légumes. Mme Herrmann s'était réveillée, puis son mari.

— Il y a un taureau sauvage dans le potager, avait-elle chuchoté.

Et c'était lui, l'imbécile, qui avait tiré! Il avait failli se jeter à genoux devant le professeur! Il tremblait! Il demandait pardon! Le corps de l'âne était encore là, au soleil, entouré de mouches, dans un carré de patates.

Müller ne l'avait même pas enterré. L'âne était mort. C'était fini. Le professeur ne s'était pas non plus approché de la maison de la comtesse, n'avait pas proféré de menaces.

Seulement, il regardait l'île, sa maison, Rita avec des yeux inquiets.

Huit jours ne s'étaient pas écoulés qu'Herrmann pénétrait timidement dans la case.

— Je ne vous dérange pas, monsieur le professeur?

Müller était couché dans son fauteuil, les yeux mi-clos, et il désigna un escabeau à son hôte. Ce fut une des rares fois qu'il parla le premier, parce qu'il pressentait ce qui allait se dire.

— Qu'as-tu à me raconter, Herrmann?

— Tout et rien... Vous savez... Il ne se passe

pas des choses extraordinaires mais on n'est pas à son aise...

Rita s'accroupit sur une natte et entreprit de réparer un vieux pyjama du professeur.

— Au début, nous ne pouvions pas faire autrement que donner un coup de main à la comtesse, d'autant plus qu'elle s'est installée à moins de trois cents mètres de chez nous... Ma femme est comme ça, vous savez... A Bonn, elle était toujours à aider une amie malade...

Müller avait un étrange sourire intérieur.

— Nous nous sommes intéressés aussi au jeune Kraus, qui a la même maladie que notre fils... Malgré cela, c'est lui, là-bas, qui fait tout le travail. Il y a des soirs où il tient à peine debout... Kraus par ci!... Kraus par là!... Les deux autres restent couchés toute la journée... Je ne vous ennuie pas?

Ce n'était pas seulement le discours d'Herrmann qu'ils entendaient, mais le discours du ménage, car on devinait, derrière ces paroles, de longues conversations à deux, le soir, tandis que la noce battait son plein en face.

— Alors qu'ils ont apporté tant de choses inutiles, ils n'ont même pas apporté de médicaments pour lui... La comtesse prétend qu'il n'est pas tuberculeux... Quand il tousse trop, c'est chez nous qu'il vient prendre de la créosote...

Herrmann avait envie de soulager son cœur et il

épiait les réflexes du professeur, par crainte de lui déplaire.

— Il y a trois jours, Jef est rentré à la maison complètement ivre. C'est la comtesse et son Nic qui l'avaient fait boire...

Ce fut plus fort que lui : Müller rit, ricana plutôt, tant cela ressemblait à l'histoire de l'âne. Qu'est-ce que la comtesse allait inventer encore?

— Quant à ma femme, elle n'a plus de repos. Dès le matin, on entend crier :

« — Maria!... »

Rita détourna la tête, car elle souriait à son tour.

— Maria y va... ajouta piteusement le préparateur. Elle n'ose rien refuser. On lui demande comment il faut cuire tel ou tel mets puis, quand elle a commencé, on la laisse seule à la cuisine. On veut la faire boire, elle aussi :

« — Tiens, Maria! Avale ça... Ça fera du bien au gosse que tu as dans le ventre...

« C'est ainsi qu'elle parle... »

Herrmann était ruisselant de sueur, car jamais il n'avait prononcé un pareil discours et il en avait encore gros sur le cœur.

— Nous voudrions éviter les disputes... Hier, la comtesse a demandé à ma femme si elle ne voulait pas vivre toujours à l'hôtel, où elle s'occuperait de la cuisine... Maria avait presque peur de dire non... L'autre, n'est-ce pas, n'a pas l'habitude de travailler... On sent qu'elle a toujours eu des tas de domestiques... Elle commande sans le vouloir... En attendant, nous ne sommes plus chez nous et je suis sûr qu'un jour ou l'autre il y aura une discussion...

Le regard de Müller s'était alourdi.

— Oui... murmura-t-il, rêveur.

— Qu'est-ce que vous feriez à ma place? On ne peut pas mettre la comtesse à la porte. On ne peut pas refuser d'aller chez elle quand elle nous invite... A propos, elle nous a affirmé qu'elle était une amie intime du Kronprinz et qu'avant deux ans celui-ci remonterait sur le trône... Est-ce que vous croyez ça?

Il était plus à l'aise, maintenant qu'on l'avait laissé parler sans l'interrompre, et il regardait Müller avec reconnaissance.

— Moi, je ne me suis jamais occupé de politique, mais, si c'était vrai...

— ...?

— ... Je crois que ce serait une bonne chose. Est-ce votre avis?

Et, comme on ne lui répondait pas, il se hâta d'enchaîner.

— Pour être une grande dame, il n'y a pas de doute, c'est votre opinion aussi, n'est-il pas vrai? Elle nous a montré les journaux où l'on parle d'elle. Il faut qu'elle soit très riche pour entreprendre une telle installation. Il y a même une baignoire qu'on a sortie hier de sa caisse et que Kraus est en train d'installer.

Müller n'écoutait que d'une oreille, mais le mot baignoire le frappa et, d'instinct, il se tourna du côté où coulait le ruisseau. C'était le seul de l'île. Il jaillissait du sol près des cavernes et passait d'abord à proximité de l'hôtel, puis dans le jardin des Herrmann avant d'atteindre la case du professeur.

La saison sèche commençait à peine et il y avait encore de l'eau en abondance. Mais Müller savait par expérience que, dans deux ou trois mois, le filet d'eau se réduirait à presque rien et que peut-être, si les pluies tardaient ensuite, la source se tarirait.

C'était arrivé la seconde année et, quinze jours durant, Müller et Rita avaient vécu dans l'angoisse, à se partager quelques gouttes de liquide, tandis que les plantes périssaient ainsi qu'une bonne partie des animaux.

— Vous savez que Paterson a tourné ici un bout de film qu'il va envoyer aux Etats-Unis? La comtesse prétend que, quand il aura été projeté, il viendra des yachts ici toutes les semaines. J'ai vu une des scènes. Ils l'ont prise aux cavernes avec les invités et les invitées du yacht qui s'étaient mis nus. Tous faisaient semblant de vivre dans les grottes comme des êtres primitifs et ils ont même cuit un petit cochon sur des pierres chauffées... Paterson s'est déshabillé, lui aussi...

Herrmann, qui trouvait naturel de voir Rita assise sans vêtement à ses pieds, s'effarait à l'idée qu'un milliardaire, un banquier par surcroît, se montrât dans le plus simple appareil. Il avait, solidement ancré en lui, le sens des hiérarchies, et Müller pensa qu'il deviendrait de gré ou de force le domestique de la comtesse.

— Je vous ai pris tout votre temps. Il faut que je parte. Alors, qu'est-ce que vous me conseillez de faire?

— Que nous fassions ceci ou cela, je crois que nous ne changerons rien aux événements, soupira Müller avec ironie.

Car ce n'était pas seulement pour Herrmann qu'il parlait, mais pour lui, pour tous, et il pensait même à Liesbeth, sa femme, qui se désespérait à Berlin de ne pouvoir obtenir le divorce parce que son mari vivait dans une île déserte.

— Vous croyez que je dois patienter?

— C'est cela! Patiente...

Herrmann avait trouvé tout seul la solution qui convenait à son caractère, à toutes les fibres de son être. Qu'il patiente! Qu'il patiente toute sa vie! Qu'il patiente en attendant la mort...

Müller se leva et pénétra dans son jardin avec la désinvolture d'un grand personnage qui met fin à une audience, mais il ne le faisait pas exprès.

L'après-midi, Rita crut qu'il travaillait, car il resta longtemps assis à sa table, comme s'il eût cherché à fixer une idée. Mais quand il sortit, une heure plus tard, et qu'elle se pencha sur le papier, elle ne trouva que cette phrase de Nietzsche, qu'il avait écrite deux fois :

Mieux vaut tomber dans les griffes d'un tigre que de réveiller les songes d'une femme ardente.

Elle ne comprit pas tout de suite. Puis elle se souvint du rire aigu de la comtesse, de son regard anxieux quand elle cherchait quelque chose à faire ou à dire, et elle fut prise d'une sourde angoisse en même temps que grandissait encore son admiration pour le professeur.

Il ne devait pas monter une seule fois à l'*Hôtel du Retour à la Nature* au cours des mois qui suivirent. Pas une fois non plus il n'adressa la parole à la comtesse.

Par contre, Herrmann, se sentant encouragé, descendait plus souvent à la case et récitait les nouvelles. Toutes n'étaient pas palpitantes.

— Hier, il y a encore eu une dispute entre Nic et Kraus. Nic a lancé une bouteille à la tête de son compagnon, qui ne l'a heureusement pas reçue...

Ou bien :

— Il paraît que la comtesse et le jeune Kraus tenaient une bijouterie à Paris et que Nic n'était que leur caissier... Ici, Kraus est devenu en quelque sorte le domestique... Je crois qu'il est jaloux de Nic, car il est très amoureux de la comtesse.

Müller semblait à peine écouter. Souvent il continuait un petit travail commencé, la réparation d'un escabeau, ou la confection d'une natte en bambou. Rita préparait une boisson rafraîchissante et, si elle y pensait, entourait ses reins d'un bout de tissu.

— Kraus prend l'habitude de faire ses confidences à ma femme et prétend qu'elle ressemble à sa mère...

Ainsi, une image assez fidèle de l'existence d'en haut se constituait-elle bribes par bribes.

— Je ne comprends pas qu'ils puissent vivre ainsi. Il y a des jours où la comtesse ne quitte même pas son divan, ne se lave pas, mange à peine, se contentant de boire et de dormir... Elle a apporté des livres, mais elle ne lit jamais...

Quand il avait des nouvelles plus sensationnelles, Herrmann arrivait très excité.

— Savez-vous ce que Kraus a avoué hier à ma femme? Que, si même ils voulaient tous les trois retourner en France, ils ne le pourraient pas. Leur bijouterie a fait faillite et Nic, pour tenir le coup plus longtemps, a, d'accord avec la comtesse, commis des faux en écriture et signé des chèques sans provision...

Herrmann était presque aussi ébloui par la malhonnêteté que par la noblesse.

— Pourtant, il a bien fallu qu'ils paient tous leurs matériaux, ajoutait-il candidement. Et ils en ont! Depuis que ma femme a prétexté son état pour ne plus les aider, ils ne se donnent pas la peine de faire de la cuisine et ils ouvrent des boîtes de conserves. Certaines contiennent des poulets entiers, des grives, des perdreaux...

Depuis plus de huit jours le ciel ne s'était pas couvert et Herrmann arborait, pour venir, un chapeau de paille à vastes bords qui le faisait paraître plus petit.

— Ma femme a encore découvert autre chose... Quand Kraus va chercher du bois dans la montagne, la comtesse s'arrange pour le rejoindre sans être vue de Nic. Une fois, sans le vouloir, Maria les a vus couchés tous les deux dans les buissons.

— Je croyais qu'ils ne se cachaient pas l'un pour l'autre, dit Rita.

— Je le croyais aussi...

Cela tournait aux cancans. C'était comme un ronron quotidien et parfois le professeur semblait se mépriser d'être là à écouter. Rita elle-même faisait un effort pour cacher l'intérêt qu'elle prenait à ces histoires.

En réalité, ils n'étaient dupes ni l'un, ni l'autre. C'était devenu un besoin pour eux de savoir et si, par aventure, Herrmann restait plusieurs jours sans venir, il leur manquait quelque chose.

— Hier, Kraus s'est blessé à la main en coupant du bois et a voulu venir vous trouver, mais la comtesse le lui a défendu. C'est elle qui l'a soigné, en prétendant qu'elle était infirmière pendant la guerre dans un hôpital tenu par de grandes dames allemandes...

Les jours succédaient aux jours et Müller

oubliait de travailler à son livre. Par contre, il passait des heures plus nombreuses à de menus travaux manuels.

— Ils commencent à s'étonner de ne pas voir arriver un yacht qui leur était annoncé. Ma femme leur a demandé ce qu'ils feront quand leurs provisions seront épuisées, car elle a calculé qu'ils n'en ont pas pour six mois. La comtesse a répondu que chaque yacht qui viendra sera mis à l'amende de quelques caisses de conserves et d'alcool. C'est tout juste si mon fils rentre encore à la maison pour dormir. Il rôde sans cesse chez la comtesse et celle-ci prétend qu'il boit les fonds de verres...

Que pouvait-il se passer d'autre?

— Maintenant que la baignoire est installée, Maria commence à avoir peur pour l'eau. Elle l'a dit gentiment à la comtesse, qui lui a répondu qu'elle préférait crever que ne pas se laver le...

Herrmann rougit, s'efforça de sourire pour excuser le mot qu'il avait failli prononcer.

— Elle parle comme ça! Elle le fait exprès d'employer des termes crus. L'autre jour, ma femme passait pour aller aux cavernes. Elle a entendu la comtesse qui l'appelait et elle est montée sur la véranda. Savez-vous ce qu'elle a vu? La comtesse et Nic qui étaient couchés sur le divan et qui... Oui! Et la comtesse éclatait de rire en continuant!... C'est ainsi qu'elle est!... Pensez-vous qu'elle soit folle, monsieur le professeur?

Un ronron, vraiment, qui devenait monotone, mais dont personne n'avait l'énergie de se secouer. Entre eux, Rita et Müller évitaient de parler de leurs voisins. C'était Herrmann qui en supportait toute la honte.

— Kraus a dit comme ça, hier, après une dispute qu'il a eue avec Nic, qu'il serait curieux de savoir si la comtesse est vraiment comtesse... Il y a des moments où il est furieux, parce qu'il est seul à travailler... En plus, on l'humilie toujours et, après la dispute par exemple, la comtesse l'a forcé à faire des excuses à Arenson... Il en pleurait de rage... La maison n'est même pas finie et on n'y travaille plus, si bien qu'elle restera toujours dans le même état...

Un soir, sur la feuille où Müller avait transcrit la pensée de Nietzsche, Rita trouva deux mots nouveaux, écrits en travers : *six mois.*

Qu'est-ce que cela voulait dire? Elle n'osa pas le demander. Mais elle crut comprendre et dès lors il se passa une chose étrange, dont chacun se rendait plus ou moins compte : c'est que tous, malgré eux, participaient au drame ou à la comédie qui se déroulait là-haut. Toute l'île était solidaire comme le sont les habitants d'un village, les passagers d'un bateau.

Cela se sentit nettement quand, au matin, on vit un tout petit yacht, un yacht qui ne mesurait pas quinze mètres, jeter l'ancre dans la baie. Il n'y avait à bord que deux matelots sud-américains et un jeune couple.

Naturellement le cotre était à peine en vue que la comtesse dégringolait la pente, suivie de ses deux lieutenants. Elle riait. Elle était heureuse. Elle triomphait.

On devina de loin des embrassades. Puis ce fut le retour en compagnie du couple, tandis que les deux matelots, par crainte d'un coup de vent, allaient mouiller le bateau plus au large et restaient à bord.

On ne peut pas dire que Rita guetta le passage des nouveaux venus, mais elle les vit néanmoins de près. L'homme, grand et blond, devait être suédois ou danois, tandis que la femme avait le type sud-américain.

Elle était gentille, souriante. La comtesse lui entourait les épaules de son bras, comme pour la prendre sous sa protection.

— C'est un pharmacien scandinave installé au Chili, vint annoncer Herrmann une heure plus tard. Il est marié de deux semaines et il a loué un petit yacht pour faire son voyage de noces. Ils en sont déjà, là-haut, à la cinquième bouteille de champagne et la petite est grise...

Rita regarda Müller et ils se comprirent. Ils étaient aussi furieux l'un que l'autre, bien que cela ne les regardât pas. Herrmann, lui aussi, était soucieux.

— Ma femme prétend que cela tournera mal,

soupira-t-il, et elle veut essayer de prévenir la petite...

Voilà où ils en étaient tous! A l'*Hôtel du Retour à la Nature,* où des lampes à gaz d'essence donnaient une lumière intense, Nic jouait de la guitare, tandis que les autres buvaient et que la comtesse, assise aux pieds du jeune Suédois, riait de plus en plus nerveusement.

— Dès qu'ils ont du monde, disait piteusement Herrmann, ils ne veulent plus nous voir. On croirait que nous les gênons.

— Parbleu! disait le regard sardonique de Müller.

Et il jeta un coup d'œil à sa feuille de papier qui était toujours, couverte de poussière, sous l'encrier.

V

A sa première visite, de bonne heure, Herrmann, qui était surexcité, ne put apporter qu'une image incohérente des événements.

— Je crois que, là-haut, personne n'a dormi, commença-t-il en s'asseyant et en posant les mains à plat sur ses genoux pour les forcer à l'immobilité. Et vous? Avez-vous eu des dégâts?

La soirée avait été lourde et, soudain, vers trois heures du matin, un violent orage avait éclaté; quatre fois, cinq fois la foudre était tombée sur l'île en même temps qu'une trombe d'eau qui avait mis à nu le rocher du chemin.

— En venant, j'ai aperçu un taureau foudroyé... Près du tournant, un cocotier est tombé en travers du sentier...

Il y avait encore des moiteurs dans l'air et le ciel restait gris, d'une luminosité triste, comme une lampe voilée.

— Ils ont dîné sous la véranda et ils avaient demandé à ma femme de leur donner un coup de main. Il faut vous dire que, déjà avant le repas, la jeune mariée était saoule. Elle n'a pas l'habitude de boire. Elle bégayait comme une enfant, ce qui faisait rire tout le monde aux éclats. Après le dîner, Nic et Kraus ont tiré un feu d'artifice et, à ce moment-là, ma femme, qui allait partir, a vu que le Suédois avait la tête sur l'épaule de la comtesse et que celle-ci lui caressait les cheveux. C'est après que ça a commencé...

Müller était fatigué, lui aussi, peut-être à cause de l'orage. Le jardin avait beaucoup souffert et il le regardait mollement, sans goût pour se mettre au travail.

— Je ne sais plus l'heure qu'il était. Je me promenais dehors, non pour les surveiller, mais parce que je ne pouvais pas dormir. J'ai entendu des cris de femme. J'ai vu passer une robe blanche, une silhouette qui courait vers le sentier. C'était la jeune mariée qui clamait qu'elle voulait retourner tout de suite au bateau. Son mari courait derrière elle. Je crois qu'elle est tombée, mais je n'en suis pas sûr et, après une discussion dans l'obscurité, l'homme est revenu en la portant dans ses bras.

Rita, ce matin-là, avait mis son pantalon court mais avait oublié de le boutonner, ce que Müller lui fit comprendre en souriant.

— Quelle importance! dit-elle.

Et Herrmann, qui suivait son idée :

— Toute la nuit, il y a eu des allées et venues.

Ce matin, à l'aube, alors que la pluie n'avait pas encore cessé, les deux Suédois s'en allaient, tout seuls, quand la comtesse les a poursuivis et les a ramenés chez elle. Maintenant, ils sont à la chasse, sauf Kraus, qui est resté pour préparer le repas. Si je peux le voir, il me donnera des détails.

Et, en effet, à la seconde visite d'Herrmann, au début de l'après-midi, l'image des événements était déjà plus fouillée et plus nette. Quant à l'incohérence, elle tenait des événements eux-mêmes, au fait que des êtres ivres s'étaient agités toute la nuit, mus par des sentiments aussi obscurs qu'elle.

Après le dîner, le flirt était très poussé entre la comtesse et le Suédois et, plusieurs fois, à la faveur d'un moment de solitude, leurs lèvres s'étaient jointes avidement. Kraus prétendait même qu'à certain moment, le couple étant sorti pour faire les cent pas avait littéralement roulé par terre.

C'est quand il était revenu que le Suédois avait trouvé sa femme endormie dans un fauteuil, la tête sur les genoux de Nic, tandis que celui-ci caressait un sein qu'il avait découvert.

Où était à cet instant-là chacun des personnages? C'était impossible à fixer. Le Suédois avait réveillé brutalement sa femme. Ils avaient eu une discussion dans leur langue, puis ils étaient entrés, sans dire bonsoir aux autres, dans la chambre qui leur était préparée.

Quelques minutes plus tard, la porte s'était ouverte violemment et la jeune femme avait voulu fuir vers le bateau. Son mari lui avait-il appris ce qui s'était passé entre lui et la comtesse ou avait-elle deviné? Ou simplement, dégrisée, avait-elle eu honte des caresses de Nic?

En tout cas, le matin, ils voulaient partir l'un et l'autre, lourds de rancœur. La comtesse s'était interposée. Kraus disait qu'elle avait été magnifique, mettant les événements de la nuit sur le compte de la boisson et de l'énervement, jouant la grande dame qui ne se résigne pas à voir partir ses invités dans de telles conditions.

— Je veux organiser une chasse en votre honneur et, après seulement, nous vous conduirons tous jusqu'à votre yacht.

Et Kraus avait confié à Herrmann :

— C'est quand elle est ainsi qu'elle me fait le plus peur, car alors elle est capable de tout. Après la pire orgie, tandis que les autres sont mous ou malades, elle reste froide et plus volontaire que jamais. J'ai surpris le regard qu'elle lançait au Suédois...

Herrmann questionnait en s'épongeant :

— Qu'est-ce que vous en pensez?

Il était exactement deux heures. Pour la première fois depuis des semaines, on n'avait pas vu le soleil de la journée et une buée chaude montait de la terre. A de longs intervalles, on avait entendu quelques coups de feu et les derniers avaient éclaté à deux cents mètres au plus de chez Müller.

On s'attendait à quelque chose, certes, à quelque chose d'incohérent peut-être, comme tout ce qui avait précédé, d'incohérent comme la mort de l'âne, comme tout ce qui émanait de la comtesse.

Mais on ne s'attendait pas à ce coup de feu, si près de la maison, à ce cri qui éclata immédiatement, strident, inhumain. Rita s'était dressée, toute pâle. Herrmann se raccrochait du regard au professeur et celui-ci s'efforçait de ne pas bouger.

Ils étaient là, l'oreille tendue, et les quelques secondes qui s'écoulèrent leur parurent éternelles. Alors il y eut des piétinements, des voix confuses, des allées et venues quelque part dans les fourrés.

Un autre bruit les intrigua longtemps et ce n'était pourtant qu'un hululement, une suite de sanglots entrecoupés, de gémissements et de mots sans suite.

— La comtesse... murmura Rita.

Comme envoûtée, elle marcha machinalement vers l'entrée, fit quelques pas dehors.

— Par là... dit-elle en désignant quelque chose de blanc qui s'agitait dans la verdure.

Et c'était inouï, sinistre, d'entendre ces sanglots qui s'élevaient des broussailles dans le calme absolu de l'air.

— Vous avez besoin de quelqu'un? cria Herrmann dont la voix n'avait pas son timbre habituel.

— Oui... Par ici... haleta Nic Arenson.

Mais déjà la comtesse surgissait, échevelée et, dans un mouvement de douleur poussée au paroxysme, déchirait le haut de sa robe.

— Vite... Docteur... Je crois que je l'ai tué... Venez vite, pour l'amour de Dieu...

Elle faisait peur à voir tant elle haletait, tant elle se tordait les membres et grimaçait.

— S'il meurt, je veux mourir aussi... Venez vite!... Le sang coule...

Herrmann était déjà parti en avant. Müller et Rita suivaient sans s'inquiéter de la comtesse qui devait être sur leurs talons, car on entendait une respiration précipitée.

Ils rencontrèrent ainsi l'autre cortège qui s'avançait, c'est-à-dire Nic qui, aidé de la jeune mariée, traînait plutôt qu'il ne portait le corps du Suédois.

Herrmann venait maladroitement à la rescousse. La tête du blessé pendait de travers, mais il avait les yeux ouverts et son regard fixait longuement toutes les personnes présentes. Sa femme ne pleurait pas. Elle faisait montre, au contraire, d'une énergie qu'on n'eût pas soupçonnée chez un être aussi frêle et aussi gentil.

— Où est-ce, chez vous, docteur? questionna-t-elle.

— Au détour du chemin...

— Il vaut mieux, puisque nous y sommes, aller jusque-là.

Personne ne faisait attention à la comtesse qui pleurait toujours. Ce n'était qu'un bruit qui accompagnait la petite troupe et qui continua, indistinct, quand le corps du Suédois fut étendu enfin sur la table de Müller.

— Regardez, docteur... C'est au ventre...

Calme et silencieux, le professeur coupait les vêtements du blessé et, sans souci des femmes présentes, mettait le ventre à nu. Quand il se redressa, après quelques minutes, il était plus que soucieux.

— Rita! Allez me chercher ma trousse et préparez la lampe à alcool...

La jeune mariée ne le quittait pas des yeux; quand elle vit les instruments brillants de la trousse, sa bouche s'ouvrit pour un cri qu'elle ne put articuler et elle s'évanouit.

— Docteur...

C'était la comtesse qui parlait, comme dans un rêve, et tout dans son attitude tenait du cauchemar.

— Faites-la taire, ordonna Müller à Nic.

— Je veux savoir, docteur... Est-ce qu'il va mourir?...

A certains moments, la scène avait des allures de mauvais mélodrame. Rita, pourtant, allumait la lampe à alcool destinée à aseptiser les instruments et Müller se lavait longuement les mains.

— J'ai voulu tirer sur un âne et la balle a ricoché... Je jure que je ne l'ai pas fait exprès...

— Fichez-la dehors, gronda Müller.

Nic n'osait pas. Herrmann tapotait les mains de la jeune femme évanouie. Le Suédois ne disait rien, mais, le regard au plafond, il semblait ne rien perdre de ce qui se passait autour de lui et quand le professeur se pencha sur son ventre, il ferma les yeux et esquissa une moue de douleur.

— Silence!

Combien de temps cela dura-t-il? Chacun se taisait, retenait son souffle et les yeux étaient fixés sur le dos penché de Müller. La jeune mariée était sortie de son évanouissement, mais, impressionnée par l'immobilité générale, elle comprenait ce qui se passait et, la bouche entrouverte, le corps raidi, elle enfonçait les ongles dans le bras de Herrmann.

On n'entendait qu'un gémissement régulier, celui du blessé qui, brusquement, poussa un cri strident cependant que tout son buste se soulevait d'une détente.

— C'est fait, prononça Müller en se redressant.

Il tenait la balle entre le pouce et l'index et ne savait où la mettre. Ses mains étaient rouges, son pyjama maculé de sang.

— Il vivra, n'est-ce pas, docteur?

Le professeur se retourna froidement vers la comtesse qui avait parlé et riposta :

— Ce ne sera pas votre faute!

— Je jure que je ne l'ai pas fait exprès... Il faut me croire... Vous me croyez, n'est-ce pas, Betty?...

La jeune femme qu'elle appelait ainsi ne l'écoutait pas et parlait ardemment, dans sa langue, à l'oreille de son mari qui avait à nouveau clos les paupières.

— Il vaudrait mieux que tout le monde sorte, fit Müller avec lassitude.

On aurait pu croire que c'était fini, qu'on avait atteint le point culminant du drame. Nic essayait d'entraîner la comtesse quand celle-ci, au moment d'atteindre la porte, eut un revirement subit et alla se jeter à genoux au pied de la table sur laquelle le blessé était étendu.

— Pardon!... hurla-t-elle alors en tendant les deux bras vers le ciel. Pardon!... C'est vrai, je suis une misérable... C'est vrai que j'ai tiré exprès... Je veux que tout le monde le sache... S'il était mort, je serais morte aussi...

L'épouse reculait, épouvantée, tandis que maintenant les mains de la comtesse se tendaient vers elle, essayaient d'agripper sa robe.

— Il faut me pardonner aussi, Betty!... Je l'aime, comprends-tu?... Je l'aime plus que toi, car tu es trop jeune et tu ne sais pas encore ce que c'est l'amour... Quand, ce matin, il a voulu partir, quand j'ai compris que j'allais rester seule et que toi tu l'aurais pour toujours, j'ai été folle...

Rita surprit un mouvement de Nic qui haussait les épaules, comme s'il eût été habitué de longue date à ce genre de complaintes.

— Mais je n'ai pas voulu le tuer!... J'ai essayé

de le blesser aux jambes, pour le soigner moi-même, chez moi, longtemps, et alors je suis sûre qu'il m'aurait aimée... Pardon!... Je ferai tout ce qu'on voudra pour expier... Qu'on me commande n'importe quoi... Qu'on me coupe une main... J'étais folle... Dès demain, dès aujourd'hui, je veux changer de vie.

— Voulez-vous mettre « ça » dehors, répéta Müller, glacial, en s'adressant à Nic et en poussant la comtesse du pied.

Elle se redressa d'elle-même, pantelante, mais elle trouva un quart de seconde de calme pour lancer au professeur un regard haineux. Pendant ce quart de seconde-là, son hystérie avait disparu et elle la retrouva pour faire une sortie théâtrale.

— Si, demain, vous apprenez ma mort...

La jeune mariée, effrayée, voulut courir après elle, mais le professeur, dont la main avait une force inattendue, la happa au passage et l'empêcha d'aller plus loin.

— Laissez!

— Pourtant...

— Dans une heure, vous entendrez de la musique là-haut.

Nic était parti aussi, sans se faire remarquer, et on voyait le couple marcher à pas heurtés le long du sentier. La comtesse gesticulait. Nic, son profil chevalin penché en avant, faisait de grands pas lents.

— Qu'allez-vous faire? demanda Müller en touchant l'épaule de la jeune femme.

— Je ne sais pas. Qu'est-ce que vous me conseillez?

— Il faut que je m'en aille aussi, soupira Herrmann, qui craignait d'être importun.

— Pas encore. Descends jusqu'à la plage et ramène les matelots.

La jeune femme regarda le professeur avec étonnement.

— Vous croyez?... commença-t-elle.

Elle n'avait pas vingt ans et tout son être était marqué de cette fragilité des Sud-Américaines, dont on dirait toujours qu'elles vont se faner.

Müller, redevenu bourru, expliquait :

— S'il doit mourir, il mourra aussi bien ici qu'en route. Sa seule chance est d'arriver vivant à Guayaquil, où on pourra le soigner sérieusement. Le yacht a-t-il un moteur?

— Oui... Je crois que nous faisons six nœuds...

— Dans quatre jours, vous pouvez être là-bas, cinq jours au plus...

Rita, pendant ce temps, avait lavé le blessé et lui avait fait un pansement avec le même calme et le même doigté que jadis, quand elle assistait le professeur à la clinique.

— Vous en serez quitte pour oublier tout ceci, grommela encore Müller pour lui-même plutôt que pour elle.

— Cette femme est folle, n'est-ce pas?

Il ne répondit pas, disparut derrière un rideau pour retirer son pyjama maculé de sang et en revêtir un autre. Pendant ce temps, la Suédoise suivait avec admiration les gestes de Rita.

— Comment dois-je faire pour le soigner en route?

— Vous changerez son pansement chaque jour.

— Vous croyez que je saurai?

Le blessé, lui, dormait, d'un sommeil accablé, entrecoupé de faibles gémissements.

Pendant deux heures, en attendant les matelots qu'Herrmann était allé chercher, Müller resta assis dans son fauteuil, face au jardin, sans prononcer une parole. Le soleil, qui n'avait pas paru de la journée, se montrait enfin pour enflammer la fin du jour et c'était un spectacle écrasant.

Le ciel, au couchant, était à lui seul un monde immense et chaotique où des montagnes violettes émergeaient d'océans de pourpre, tandis que soudain des rayons de lumière pure traversaient une déchirure de la nue.

Müller savait que dans le lagon, à cette heure, l'eau était d'une transparence de cristal et qu'on pouvait voir s'étirer les requins-marteaux, se gonfler d'étranges poissons roses, tandis que le fond de la mer était peuplé de coquillages aussi colorés que le ciel, aussi fantastiques, aussi inhumains que lui.

Derrière le professeur, les deux femmes chuchotaient et c'était un murmure apaisant. En fermant les yeux, en écoutant ce bruissement féminin on aurait pu se croire quelque part où, au détour du chemin, on ne rencontrerait pas quelque tortue géante se traînant dans une carapace vieille de plusieurs siècles.

Qu'aurait-il fallu regarder pour goûter, fût-ce un instant, cette paix que donne la vue d'un simple tapis de gazon, d'un pan de ciel septentrional?

A quelques mètres de lui, Müller voyait des pieux qu'il avait plantés pour protéger ses légumes contre les animaux. Ce n'étaient que des branches qu'il avait enfoncées en terre. Or, quinze jours plus tard, les pieux portaient des feuilles, puis des fleurs, et maintenant c'étaient déjà des arbres.

N'est-ce pas pour cela, pour se ménager malgré tout une sorte d'oasis qu'il s'était obstiné pendant des mois, des années à faire pousser trois pieds de vigne?

Ils étaient malingres. Le raisin restait acide en dépit du soleil et pourtant Müller n'aurait pas donné ses vignes pour une plantation de cocotiers.

On entendit bientôt des voix dans le chemin et, conduits par Herrmann qui tremblait de fatigue, les deux matelots parurent, confus, ne sachant que dire.

— Il va mieux? questionna l'un d'eux.

— Oui. Il faut arranger une civière pour le

ramener au bateau. Vous avez assez d'essence pour gagner Guayaquil?

— Il y en a une tonne à bord...

Ce fut Müller encore qui leur montra comment on construit un brancard et qui, à vrai dire, le fit presque en entier de ses mains. Il était plus agile, plus nerveux, plus adroit que les marins. Rita avait allumé une lampe à pétrole dont on se servait rarement et le Suédois, qui s'était éveillé, ne bougeait pas, le regard fixé sur le visage de sa femme, cependant que celle-ci lui caressait le poignet. Qu'auraient-ils pu se dire?

Il y avait encore du sang au ciel, des cimes bleues et vertes mais, dans la case, la lampe ne jetait qu'une petite lueur jaune. Les grillons commençaient à chanter sur toute l'étendue de l'île suivant un rythme que leur donnait celui des leurs qu'ils avaient élu comme chef d'orchestre et qui se tenait caché quelque part.

— Il faut que vous mangiez quelque chose, intervint Rita qui fit cuire des œufs sur la lampe à alcool.

Et la jeune mariée souriait timidement en portant les aliments à sa bouche. Elle avait eu si peur que ce simple geste était déjà comme un retour à la vie et elle regardait son mari avec l'air de s'en excuser.

— Je n'ai pas faim, mais il faut que je sois forte pour te soigner.

Est-ce qu'il pensait encore au moment où, la

nuit précédente, il avait roulé par terre avec la comtesse?

— Vous direz au docteur de Guayaquil... commença Müller, alors que la civière était terminée.

Mais il se ravisa.

— Ou plutôt ne lui dites rien. Il verra bien ce qu'il y a à faire. Vous êtes prêts, vous autres?

Il prit le blessé du côté le plus lourd, comme il le faisait volontiers à sa clinique de Berlin, en rappelant qu'il avait été champion de football.

— Doucement... Et, maintenant, partez le plus vite possible... Faites marcher le moteur à plein rendement... Ce n'est qu'une question de temps...

La jeune femme embrassait Rita. Au moment de partir, des larmes jaillirent de ses yeux, mais elle n'avait pas de sanglots.

— Et vous?... Vous comptez rester ici longtemps?...

Müller tendit l'oreille pour surprendre la réponse de Rita, qui ne fut qu'un souffle :

— Toujours...

Les étrangers s'éloignaient. Leurs pas s'atténuaient sur le roc dénudé par les pluies et on s'aperçut soudain qu'Herrmann était toujours là, tapi dans un coin d'ombre.

— Nous aussi, dit-il comme un écho.

On ne savait pas ce qu'il voulait dire. On le regardait avec étonnement.

— Nous resterons toujours ici... C'est le seul

moyen de sauver Jef qui, en Allemagne, serait déjà mort...

Pourquoi remuait-il ces vieilles questions? Etait-ce d'en voir d'autres qui s'en allaient qui l'inclinait à la nostalgie? Pensait-il à sa maison de Bonn, au tram électrique qu'il prenait tous les matins en fumant sa pipe de porcelaine et en lisant le journal? Le ciel barbare qui sombrait soudain dans la nuit lui avait-il rappelé de tendres couchers de soleil sur le Rhin et les parties de quilles qu'il faisait tous les dimanches dans une guinguette, tandis que sa femme buvait du chocolat sous la tonnelle?

— Il est temps de se coucher, prononça Müller, balayant ces fantômes.

— Il est temps, oui. Je m'en vais...

Il aurait voulu rester. La nuit, pour la première fois, lui faisait peur.

— Vous croyez qu'il guérira?

— Il est assez vigoureux pour ça.

— Sa femme est gentille. J'ai rarement vu une aussi gentille femme qu'elle. Elle fait penser à une fleur...

— C'est ça! A une fleur... grogna Müller qui en avait assez. Bonsoir.

— Bonsoir, monsieur le Professeur... Bonsoir, Rita...

C'était comique et attristant de le voir partir ainsi, à regret, le cœur gros. Qu'avait-il envie de raconter, quels souvenirs aurait-il tirés de l'oubli si on l'avait laissé assis à sa place, dans l'ombre de la case, loin de la lampe à pétrole dont la flamme sautillait?

— A demain... cria-t-il encore, déjà loin, pour ne pas rompre tout à fait le fil.

Müller soupira et, au lieu de se coucher, s'assit dans son fauteuil.

— Il faudra remettre les instruments en ordre, dit-il en montrant la trousse restée ouverte.

Après un silence, il reprit .

— Pendant l'opération, j'ai cru un moment... Il s'arrêta net, pour la même raison, peut-être, qu'il avait mis Herrmann dehors.

A quoi bon parler de ces choses? Rita l'avait dit :

— Toujours...

Et il la regardait qui s'agitait dans la case.

VI

Etait-ce seulement la peine d'essayer de démontrer à Müller que l'incident n'avait aucun rapport, si lointain fût-il, avec les gens d'en-haut? Sans doute ne l'aurait-il pas cru. L'âne, lui aussi, était allé bêtement, sans y être forcé, à l'*Hôtel du Retour à la Nature* et il en était mort! Quant à Rita...

Cela se passa plus de trois semaines après le départ des jeunes mariés suédois et, pendant ces trois semaines, il n'y eut pas d'événements notables. Müller ne vit pas la comtesse, ni ses compagnons, mais on continua à avoir de leurs nouvelles par Herrmann, pour qui la visite quotidienne à la case était devenue un besoin.

Certains jours, d'ailleurs, s'il voyait le professeur soucieux, ou simplement absorbé par ses pensées, il s'asseyait sans mot dire et restait ainsi en attendant qu'on l'interrogeât.

Il était heureux de se considérer comme un peu chez lui et, petit à petit, il est probable qu'il se trouvait moins bien dans sa propre maison.

— Il y a des choses que je ne puis discuter avec ma femme, avait-il confié un jour. C'est une excellente créature mais, vous comprenez...

Une œillade achevait sa pensée, signifiait que Maria n'était pas capable de se mettre sur leur plan intellectuel.

Chose curieuse, la comtesse l'avait embobelinée. Mme Herrmann était une bonne ménagère, une brave mère de famille et, certes, elle possédait tous les préjugés de sa classe. Or, c'était elle précisément qui trouvait le plus d'indulgence, voire le plus d'admiration pour la tempétueuse aventurière.

Tout comme Herrmann venait chez les Müller, la comtesse passait un bon moment chaque jour avec Maria, à lui faire des confidences.

— Elle n'oserait pas raconter tout ça devant nous, expliquait Herrmann qui voulait, lui, s'élever, du moins par la compréhension, au niveau du professeur. Savez-vous ce qu'elle a imaginé la dernière fois? Elle jure qu'à Paris, il y a un an, elle a vu Dieu en rêve et que c'est Dieu qui lui a ordonné de venir aux Galapagos, en lui promettant de faire jaillir l'eau en abondance pour elle, ses compagnons, ses bêtes et son jardin...

Ce rêve-là, la comtesse l'avait peut-être fait, mais cela datait de la veille et c'était révélateur de ses inquiétudes. La saison sèche était commencée et, en quelques jours, le ruisseau qui avait pu lui faire illusion lors de son arrivée était devenu ce qu'il resterait pendant des mois : un maigre filet d'eau.

— Quant à l'histoire des Suédois, elle a juré à ma femme qu'elle n'était pas responsable et que, petite fille, dans le château de ses parents, on avait dû la soigner pour la même chose. Elle attribue sa maladie à un domestique qui, alors qu'elle avait douze ou treize ans, l'appelait dans sa chambre et prenait une servante devant elle...

Faute de calendrier, on aurait pu évaluer la fuite du temps d'après le nombre de plus en plus considérable de ces histoires, qui finissaient par faire de la comtesse un être de légende.

Müller qui, au début, s'était intéressé aux récits d'Herrmann, manifestait maintenant de l'impatience, peut-être parce que cette femme prenait une importance fatigante et en arrivait, encore qu'invisible, à dominer l'île de sa personnalité.

Rita savait quand le professeur était nerveux et c'est précisément à ce moment que, sans le vouloir, elle le fit souffrir. La chose elle-même était si nouvelle qu'elle n'y crut pas tout d'abord. Müller pouvait être sombre, inquiet, agité, mais pouvait-il vraiment souffrir?

La veille encore, Rita qui le connaissait bien aurait répondu non.

C'était de fort bon matin. Le professeur, comme il le faisait souvent, était parti vers les bois où la chaleur était moins accablante et Rita, désœuvrée, s'était accroupie sur le sol pour réparer une natte.

Soudain, elle entendit des pas et, en se penchant, aperçut la haute silhouette de Larsen qui passait vite, comme s'il eût essayé de n'être pas vu.

— Jean!... lui cria-t-elle en se levant et en courant vers l'entrée de la case.

Il se retourna, hésita, esquissa un léger sourire et, haussant les épaules, se dirigea vers elle.

— Qu'allez-vous faire là-haut?

Il la dominait de la tête et portait, attaché à un bâton, un magnifique espadon qu'il avait pêché la nuit même. Il le montra avec l'air de dire qu'il allait porter le poisson à l'*Hôtel du Retour à la Nature*.

Bien entendu, Rita n'était pas dupe, ni lui non plus. D'habitude, il restait des mois sans mettre les pieds à Floréana et Rita remarqua que, pour la circonstance, il s'était rasé de près et qu'il avait coupé ses cheveux sur la nuque.

Ils étaient tous les deux debout sur le seuil de la case et tous deux souriaient vaguement, à la fois de la situation et du plaisir d'être face à face.

— Vous avez tort de faire ça, Jean!... Pensez à votre femme... Vous m'avez dit qu'elle attend un bébé...

Il laissa glisser le bâton et le poisson le long de son épaule et, les mains libres, resta un moment à se balancer.

— Vous savez bien que cette femme-là ne provoquera que des malheurs...

Est-ce que Rita se rendait compte que ses regards étaient chauds d'affection? Elle avait toujours traité Larsen en camarade. Quand elle le voyait, grand, fort et sain, toujours gai, sauter de son bateau sur la plage, elle devenait joyeuse et maintenant elle regardait de tout près sa poitrine nue, ses larges épaules, ses yeux clairs qui hésitaient.

— J'ai peut-être tort, soupira-t-il.

— Vous avez certainement tort, Jean. Ecoutez-moi. Reprenez votre bateau et rentrez chez vous...

Il rit d'un petit rire plein de franchise. Il était comme un enfant qui n'a pas le courage de se refuser une joie promise.

— Vous êtes une drôle de femme, vous!

Et son regard descendait jusqu'à la gorge nue de Rita. Le sourire devenait moins franc. Il soupira et plaqua ses grosses mains sur les épaules de la jeune femme.

— Une drôle de femme... répéta-t-il.

Elle sentait la chaleur de ses mains. Elle se demandait si les doigts n'allaient pas étreindre sa chair. Et, pourtant, elle était inconsciente du danger qu'elle courait, inconsciente même de son imprudence.

— C'est promis? Vous partez?

— Promis...

Mais il ne bougeait pas. Il la regardait maintenant dans les yeux et, s'il hésitait encore, ce n'était plus à se rendre chez la comtesse. Sans doute n'avait-il jamais pensé à Rita? De son côté, elle n'avait jamais eu l'idée du péché possible.

Or, voilà qu'un rayon de soleil les enveloppait et qu'ils restaient là immobiles, comme prisonniers, sans oser se débattre.

Une branche craqua. Des pas retentirent et Müller entra dans la clairière qui précédait la case, marqua un temps d'arrêt, passa enfin près du couple et alla s'asseoir dans son fauteuil.

— Rita vient de faire une bonne action, professeur, lança Larsen d'une voix un peu trop forte. Sans elle, je montais là-haut et je recommençais ces histoires...

— Ah!

Müller regarda Rita, puis le Norvégien et c'est à ce moment que, pour la première fois, la jeune femme crut lire une vraie tristesse dans ses yeux.

— Depuis des semaines, cela me travaillait. Ce matin, j'étais décidé et, sans votre femme...

Pourquoi le mot choqua-t-il? Larsen lui-même sentit confusément qu'il était déplacé.

— Allons! Je m'en vais... Au revoir, professeur... Je vous laisse le poisson...

— Vous oubliez que je ne mange la chair d'aucun animal.

— C'est vrai.

Il rit encore. Il s'ébattait lourdement et il fit une sortie maladroite.

Restée seule avec Müller, Rita se trouva aussi anxieuse que si elle eût été coupable. Cependant, il ne s'était rien passé. Même si le professeur n'était pas rentré, il n'y aurait rien eu d'autre que ce moment d'émotion, ce contact des mains de Larsen avec les épaules de Rita.

— C'est un bon garçon, dit-elle.

— Oui.

Elle ne l'avait pas encore vu ainsi, rêveur et triste. Il la regardait comme s'il l'eût observée pour la première fois et, tandis qu'elle feignait de s'occuper, il ne perdait pas un seul de ses mouvements.

— L'accouchement de sa femme est pour le mois d'avril, prononça-t-elle encore.

Or, ce fut elle que le mot fit rougir. Est-ce qu'un petit incident peut entraîner de telles conséquences? Voilà que, d'un seul coup, c'était toute sa vie avec le professeur qu'elle remettait en question.

Müller n'était-il pas préoccupé par les mêmes choses? Ils étaient à trois mètres l'un de l'autre et ils pensaient, chacun pour soi, et leurs pensées n'avaient aucun rapport avec les paroles prononcées.

Rita était triste, elle aussi, triste à pleurer, d'autant plus triste et plus lasse que tout à l'heure elle avait bu sans le vouloir une grande gorgée de bonheur.

Elle s'en repentait. Elle aurait voulu demander pardon à son compagnon. Mais ne serait-ce pas avouer qu'elle avait quelque chose à se reprocher?

Il n'y avait rien! Absolument rien! L'espace d'une minute, elle avait été femme, mais était-ce sa faute?

Müller se leva en soupirant et gagna son jardin. Quand Herrmann vint, un peu plus tard, le professeur ne parut pas et Rita fut seule à écouter ses histoires.

Ou plutôt elle ne les écouta pas. Elle était inquiète. Elle tendait l'oreille. Elle évoquait des souvenirs lointains.

— *Mon mari ne pourra jamais rien me reprocher...*

C'était Liesbeth qui disait cela, jadis, à Berlin dans son salon vert pâle, Liesbeth qui, elle, était femme de la tête aux pieds et dont les lèvres étaient toujours humides de gourmandise.

— *C'est joli, la philosophie, mais il n'y a pas que cela dans la vie...*

Or, Müller, à cette époque-là, n'avait que quarante ans. Rita, ivre de science, avait blâmé sa femme qui ne pensait qu'à des satisfactions matérielles.

Mais elle n'avait jamais songé que...

Pourquoi cette idée la frappait-elle pour la première fois? Quand Müller avait décidé qu'il n'y aurait jamais rien entre eux, elle l'avait admiré, sans savoir au juste pourquoi. Elle mettait tout naturellement cette décision sur le compte d'un sentiment très noble. Mais lequel?

Plusieurs fois, couchée dans sa moitié du lit, elle avait espéré...

Or, voilà qu'un regard surpris le matin lui faisait l'effet d'une révélation. Elle était sûre de ne pas se tromper. Elle avait hâte qu'Herrmann partît pour penser à son aise et peut-être pour pleurer.

Car, s'il en était ainsi, il avait souffert. Sans compter que beaucoup de choses, du coup, étaient changées.

— Ecoutez, mon brave Herrmann, j'ai besoin d'être seule...

Il partit en s'excusant.

Oui, si Müller était, avait toujours été impuissant? Elle en avait la tête brûlante et elle était en proie à une impatience fébrile.

Avant tout, il fallait lui faire oublier l'incident du matin. Il devait penser qu'elle se laissait troubler, elle aussi, par l'atmosphère d'érotisme que créait la comtesse.

Elle en rougissait. C'était faux! Elle n'était pas Liesbeth, et la preuve, c'est que, pendant des années, elle n'avait rien dit, qu'elle n'avait même pas pensé à cette explication qui lui venait enfin à l'esprit.

Il ne fallait pas que Müller crût qu'elle se détachait de lui, que la moindre parcelle d'elle-même était attirée par un autre. Surtout à ce moment, où elle le sentait dérouté par l'intrusion des étrangers!

Quand il rentra un peu plus tard, elle ne dit rien, mais elle le servit avec plus d'attention que d'habitude. Contre son attente, il donna l'impression d'être gai et il commença à plaisanter.

— Que dit la gazette aujourd'hui?

Elle en était si loin qu'elle ne fit pas de suite le rapprochement entre ce mot et Herrmann. Il rit de son étonnement.

— Que raconte notre préparateur?

— Ah! Presque rien... Je crois que l'eau les inquiète de plus en plus...

— Elle les inquiétera davantage dans trois mois, articula Müller.

Rita tressaillit. Il avait dit cela d'une voix mordante, comme une menace.

— Vous croyez que la saison sera très sèche?

— Je crois qu'il se passera des tas de choses... Vous ne mangez pas, Rita?

— Je n'ai pas faim.

— Et vous me regardez comme une pauvre petite fille qui a peur d'être grondée!

Sur les derniers mots, sa voix se cassa un peu et il vit trouble. Heureusement que Rita ne s'en aperçut pas.

Il la regardait et, pour la première fois, il la voyait très jeune, fragile, pleine de joliesse. Car il l'imaginait en robe blanche, avec un chapeau de paille à large bord...

C'est peut-être ce qui lui avait donné le choc, le matin. Alors que Rita ne l'avait pas encore aperçu, il l'avait vue, lui, transfigurée, et il avait dû faire un effort pour se souvenir de son âge. Trente ans? Trente-deux! Mais comment paraître jeune quand on vit nue, depuis cinq ans, dans une île déserte?

Elle détournait la tête, gênée. Elle aurait voulu lui dire quelque chose qui le rassurât.

— Larsen est comme un grand frère, murmura-t-elle.

Eh! oui... C'était bien ce qu'il ne fallait pas dire... Il était magnifique de vie, de puissance, debout devant elle, les deux mains sur ses épaules!

Jamais les traits de Müller n'avaient été aussi mobiles. Des rides fines se formaient, s'effaçaient pour aller se creuser ailleurs et, chaque fois, c'était une autre expression que prenait sa physionomie. Les paupières battaient sur les petits yeux qui semblaient avoir peur du soleil.

— J'ai pensé à beaucoup de choses, ce matin.

Elle tressaillit. Elle ne s'était pas trompée. Pour tous les deux, l'incident avait été le point de départ d'une sorte d'examen de conscience.

Et cette conversation se déroulait dans la simplicité d'une fin de repas improvisé. Müller avait mangé des œufs frits et des pommes de terre. Rita avait grignoté un morceau d'ananas. Les assiettes étaient sur la table, la même qui, à l'autre bout, servait de banc de menuisier.

Le professeur s'était renversé un peu sur son escabeau.

— C'est étrange, un homme, s'exclama-t-il, en redevenant ironique. Cela peut vivre des années sans penser à la seule chose qui importe. Je crois que c'est cela qu'on appelle communément l'égoïsme. Et, pourtant, je jurerais que c'est une nécessité de la condition humaine. Sinon, rien ne serait possible, aucun effort, aucune décision, aucun acte, puisque chaque acte...

Il s'interrompit et haussa les épaules.

— Je parie que vous ne m'écoutez pas.

Elle écoutait, mais elle percevait mieux la vérité autrement que par ces paroles. Surtout, elle avait peur de la suite. Elle aurait voulu qu'il n'y eût pas de conclusion.

Il reprenait le ton de la plaisanterie, mais son regard était aussi triste, et de la même sorte de tristesse que le matin.

— Quand je pense à ce qu'on dira de ce vieux bonhomme de savant qui...

Cette fois, il se leva, changea de ton, encore que celui-ci restât léger. Il posa, lui aussi, une main, mais une seule, sur l'épaule de sa compagne.

— Ecoutez, Rita. C'est inutile et un peu odieux de faire ici de la littérature. Dorénavant, nous ne parlerons plus de tout cela. Je ne sais pas pourquoi je n'y ai jamais pensé. Il est juste qu'une femme de votre âge ait certaines satisfactions physiques. Vous me comprenez. Il ne sera jamais plus question de ces choses entre nous, mais il est bien entendu que vous avez désormais toute votre liberté...

Il s'éloigna aussitôt et se tourna vers le jardin brûlant de soleil. Il ne voulait pas laisser voir son visage. Il avait parlé très vite et, maintenant, il s'étonnait de n'entendre aucun écho à ses paroles.

Des secondes s'écoulèrent, une longue minute. Il se retourna et vit Rita qui s'était écroulée sur la table et qui pleurait sans bruit, la tête dans ses bras repliés.

— Allons! Allons! fit-il avec impatience.

Il était partagé entre le désir de sortir et celui de s'approcher d'elle.

— Soyez sérieuse, Rita... Nous ne sommes plus des enfants, ni des jeunes gens... Je n'ai parlé que de choses toutes naturelles. Maintenant que ma décision est prise une fois pour toutes...

Elle secoua la tête en signe de dénégation.

— Je ne vous demande pas de faire du sentiment. J'ai dit ce que j'avais à dire. Quand Larsen reviendra...

Cette fois, il s'en alla à grands pas et, en passant, il décrocha un chapeau de paille qu'il avait tressé lui-même. Cela voulait dire qu'il allait loin, jusqu'à la plage sans doute, d'où l'on devait encore apercevoir le bateau du pêcheur.

Se doutait-il que jamais Rita n'avait été autant son esclave? Elle se serait traînée à ses pieds pour qu'il effaçât de son souvenir la scène du matin. Elle... elle...

Elle ne savait qu'une chose : c'est qu'il souffrait, qu'il avait toujours souffert.

Cela avait dû commencer à Berlin, avec Liesbeth, quand celle-ci, plus cynique, l'avait trompé la première fois.

N'était-ce pas à cause de cette impuissance que le professeur s'était attaché à Rita? En ce temps-là, elle était aussi peu femme que possible. Elle sortait de l'Université et le professeur était pour elle un demi-dieu.

Elle ne s'était même pas étonnée qu'il ne la touchât pas.

— Nous vivrons comme un frère et une sœur...

Derrière ces pensées, il y en avait une autre, pointue, obsédante, qu'elle ne voulait pas regarder en face, qu'elle noyait obstinément dans le brouillard de son cerveau. C'était trop grave. Cela entraînait trop de conséquences.

Est-ce que?...

Non! Elle aimait encore mieux penser à Larsen, à la comtesse, à la gazette d'Herrmann.

Et pourtant...

Elle se leva, farouche, alla prendre sur la table de travail ce bout de papier qui y traînait depuis des mois et sur lequel, de temps en temps, Müller jetait une note. La dernière datait du soir où les Suédois étaient partis.

Sous la fameuse phrase de Nietzsche, le professeur avait écrit d'une plume négligente : *Impuissance sexuelle?*

Le point d'interrogation était plus grand que les mots. Rita y avait déjà pensé, car elle avait aperçu cette note trois semaines auparavant. Elle avait réfléchi, elle aussi, à l'hystérie de la comtesse et cette question de Müller lui avait ouvert des horizons, avait rendu l'aventurière presque pitoyable à ses yeux.

Pourquoi pas, en effet? Pourquoi ne pas croire que c'était par impuissance que cette femme cherchait coûte que coûte des sensations violentes?

Et cela n'expliquait-il pas son rire désespéré, son regard anxieux chaque fois qu'elle allait commettre une nouvelle extravagance?

Seulement, dans ce cas... Rita en avait des larmes qui roulaient sur ses joues... n'était-ce pas à cause de cette même impuissance que Müller, brusquement, avait quitté Berlin, sa clinique, sa fortune, ses travaux?...

Rita était trop bouleversée. Elle s'assit et resta longtemps la tête entre les mains, à entrevoir parfois la silhouette de Larsen, à sentir sur ses épaules la brûlure des larges mains viriles.

Elle savait qu'à la même heure le professeur marchait tout seul à travers les broussailles desséchées, en plein soleil. Il s'arrêterait peut-être près de quelque tortue monstre, à l'observer, à caresser rêveusement la carapace insensible. Elle l'avait souvent surpris, l'œil absent, dans de telles attitudes.

On lui avait volé la paix de son île. On lui avait enlevé sa compagne.

Ou plutôt, c'était lui qui l'avait donnée, dans un dernier renoncement.

Alors, il errait tout seul, son fin visage grimaçant sous le vaste chapeau de paille.

Que pouvait-il encore espérer? Il avait cinquante ans. C'était la première fois que son âge frappait vraiment Rita et qu'elle réalisait qu'il y avait entre eux l'espace d'une génération. Il aurait pu être son père!

En supposant que, soudain, il lui arrive un malheur...

Elle ne voulait pas penser. Elle se tassait sur elle-même pour chasser tous ces fantômes, mais ils l'assaillaient de plus belle. Elle se voyait seule dans l'île et elle avait envie de crier d'effroi.

Car il avait cinquante ans! Il avait vécu une vie entière!

Elle eut tellement peur qu'elle noua un tissu autour de ses hanches et sortit, courant presque, pour se mettre à la recherche de son compagnon. Etait-ce un pressentiment? En tout cas, elle pensait à trop de choses horribles. Elle avait besoin de se rassurer sur-le-champ.

Elle fit des tours et des détours sur le flanc de la colline. De temps en temps, elle appelait :

— Frantz!

Puis, tout à coup, alors qu'elle courait, elle s'arrêta net, car il était là, devant elle, marchant à petits pas.

— Que se passe-t-il? demanda-t-il de sa voix la plus calme.

— Rien... Je ne sais pas... Je voulais vous voir...

— Allons! Vous êtes une bonne petite fille, Rita, une petite fille à qui j'ai eu le tort de trop parler. C'est toujours un tort de suivre son intelligence...

Il ajouta sans émotion apparente :

— Venez à la maison.

VII

— Vous verrez qu'il vous recevra très bien..., psalmodiait Herrmann tout en marchant, pour s'encourager lui-même. Il ne parle pas beaucoup. Cela peut dérouter ceux qui ne le connaissent pas. Mais, moi, qui ai l'habitude des savants...

Il précédait, le long du sentier, le jeune Kraus qui se taisait.

— Vous remarquerez surtout son coup d'œil. Il a l'air de penser à autre chose. Tout à coup, crac : il vous lance un petit regard de travers et c'est comme si vous étiez nu devant lui. Il a tout vu en vous, même des choses que vous ne connaissez pas...

Herrmann s'arrêta, parce qu'il était fatigant de marcher et de parler à la fois et qu'il avait le visage et le torse en sueur.

Il voulait reprendre haleine avant d'entrer chez Müller, dont la case était à portée de voix.

— Surtout ne vous laissez pas rebuter par sa froideur...

Herrmann avait peur de contrarier le professeur en lui amenant le jeune Allemand et il se doutait peu qu'au contraire son arrivée était attendue avec impatience.

Quand il entra, d'une démarche oblique, en coulant un regard anxieux vers Müller, celui-ci s'affairait à rempailler une chaise.

— Je me suis permis de vous amener mon nouveau locataire...

Le docteur leva la tête et aperçut Kraus, qui ne savait quelle contenance prendre et qui détournait les yeux de la nudité de Rita. La jeune femme, dans ces cas-là, s'en apercevait et il y avait toujours un bout de tissu qui traînait à portée de sa main.

— Asseyez-vous.

— Cela ne vous étonne pas, ce que je viens de dire, monsieur le professeur?

— Kraus est chez toi?

— Définitivement! Enfin, il paraît bien décidé à ne pas remettre les pieds chez la comtesse. Savez-vous ce qu'elle lui a fait hier? Elle l'a frappé avec une cravache au point qu'il en a le dos en sang.

Kraus rougit d'être ainsi mis en cause. C'était un jeune garçon blond, au visage irrégulier, au teint maladif. Rien ne le distinguait des milliers de jeunes Allemands qui, le dimanche, s'en vont en rang dans les bois ou dans la montagne, rien sinon peut-être son regard sombre et farouche. Sans le connaître, on aurait été tenté de le croire sournois, à force de le voir replié sur lui-même.

Müller l'observait de temps en temps, à petits coups.

— Vous avez vingt ans, Kraus?

— Vingt ans et deux mois.

— Quelle région?

— Nuremberg. Mes parents ont, là-bas, une petite fabrique de jouets, que je devais reprendre.

— Pas de frères?

— Une sœur, qui est fiancée. Quand elle se mariera, c'est son mari qui continuera l'affaire, car mon père est malade.

Il se confiait docilement, et tout ce qu'il ne disait pas était écrit pour Müller sur son visage, dans ses attitudes.

La famille de Kraus, qui ne devait pas être riche, menait à Nuremberg une vie bourgeoise où nulle place n'était laissée à l'imprévu. Or, voilà que l'unique garçon échouait dans l'île la plus perdue du Pacifique!

— Où avez-vous connu la comtesse?

— A Paris. On m'avait mis dans une maison de commerce comme employé, pour apprendre le français. Vous connaissez Paris? J'étais rue du Sentier, dans les toiles imprimées...

Herrmann jubilait. Jamais il n'avait osé espérer que son protégé serait aussi bien accueilli et il lançait des œillades au professeur comme pour dire :

— Intéressant, hein!

— Dans un café de Montparnasse, j'ai fait la connaissance de la comtesse, poursuivait Kraus. On parlait allemand à la table voisine de la mienne. J'écoutais malgré moi. Alors, une de mes voisines m'a désigné et a dit à voix haute :

« — Voyez-vous ce jeune homme qui s'intéresse à votre conversation!...

« J'ai voulu m'en aller, honteux, mais la dame m'a fait asseoir à sa table et m'a présenté à ses amis. »

Il se tut. On devinait la suite.

— Vous êtes devenu son associé?

— Six mois plus tard, oui. La comtesse avait une idée qui paraissait bonne et, d'ailleurs, je ne voulais pas la quitter...

Il lança un coup d'œil gêné à Rita, poursuivit :

— Je suis allé voir mes parents à Nuremberg et je les ai décidés à me donner quarante mille francs...

— Pas facile! grommela Müller entre ses dents.

— Non. Je me suis disputé avec mon père. Il m'a défendu de franchir à nouveau le seuil de sa maison.

— C'est dans le haut de la ville?

— Près du marché...

Des maisons à pignon dentelé comme les vieilles

demeures hollandaises. Müller voyait la rue, le seuil, les fenêtres.

— Arenson était employé à la bijouterie?

— En principe, il n'était que caissier. En réalité, c'est lui qui faisait tout. Je n'ai jamais ouvert les livres. Je ne voyais pas de clients et je me demandais comment, dans ces conditions, on pouvait espérer gagner de l'argent. Je n'ai pas encore bien compris à l'heure qu'il est. Ce que je sais, c'est qu'il y a eu des traites impayées, de la marchandise achetée à crédit et revendue à perte pour faire de l'argent, d'autres irrégularités encore. J'ai été appelé chez le juge d'instruction et c'est alors que la comtesse a décidé de passer en Belgique. Nous sommes restés deux mois à Bruxelles, où elle connaissait beaucoup de monde...

— Arenson était l'amant de la comtesse?

Kraus fixa le sol sans répondre. On le sentait encore jaloux. Il eut une quinte de toux qui mit plusieurs minutes à se calmer.

— Vous êtes venu ici comme associé?

— Oui, mais je n'avais plus d'argent. Je ne voulais pas la quitter. Elle m'a conseillé de retourner à Nuremberg et de supplier mon père, mais c'était inutile. J'ai seulement écrit à ma sœur, qui m'a envoyé de quoi payer mon passage jusqu'à Panama...

Il ruisselait de sueur. Maintenant, il n'était plus

nécessaire de le questionner. Le front têtu, il dévidait ses rancœurs.

— J'aurais dû comprendre, sur le bateau. La comtesse et Nic ont voyagé en première classe, tandis qu'avec mon argent je ne pouvais me payer qu'un billet de troisième. Je savais qu'ils occupaient la même cabine. De temps en temps, la comtesse venait me voir, mais nous étions six dans notre cabine...

Il esquissa un geste de lassitude.

— Depuis lors, vous avez vu! Ça a été de mal en pis. Arenson ne fait rien. Il n'a même pas donné un coup de main pour monter la maison. Toute la journée, on crie « Kraus » par-ci, « Kraus » par-là, et Kraus est devenu le domestique de tout le monde...

Rita ne put s'empêcher de sourire, tant il parlait piteusement de lui.

— Elle sait que je suis malade mais, quand je tousse, elle me lance des regards furieux, comme si c'était ma faute! N'empêche qu'elle me court après dans les bois et que c'est elle qui...

Une fois encore, il se tut en regardant la jeune femme.

— J'en ai assez. Je suis fatigué. Je suis malade. Je ne veux pas rester dans l'île et, dès que le bateau viendra, je retournerai en Europe. J'y ferai n'importe quoi. Je mendierai s'il le faut. D'ailleurs, quand nous sommes venus, la comtesse m'a promis de me donner le prix de mon retour si, un jour, je décidais de partir. C'est parce que je lui en ai parlé hier qu'elle m'a frappé avec la cravache. Elle l'a fait devant Nic...

Celui-là, il n'était pas besoin de dire qu'il le haïssait !

— Mme Herrmann sait tout, car elle a assisté à beaucoup de scènes. Je lui en ai raconté d'autres. C'est elle qui m'a dit que, puisque je ne pouvais plus vivre avec mes compagnons, je n'avais qu'à me réfugier chez elle. Est-ce que je n'ai pas eu raison ?

Rita approuvait, apitoyée par ce grand garçon malheureux qui venait de se confesser sans le moindre respect humain. Müller, lui, se contenta de questionner :

— La comtesse vous a laissé partir ?

Car, enfin, le couple, là-haut, n'avait vécu jusqu'ici que grâce au travail de Kraus ! Est-ce que Nic allait se mettre à couper du bois, à faire pousser les patates, à monter l'eau dans la maison, à faire la cuisine et le nettoyage ?

— Elle m'a annoncé que je reviendrais, que je ne pourrais pas vivre sans elle.

Il s'enfiévra, parla plus vite :

— Ce n'est pas vrai ! Je suis guéri. Maintenant, je comprends tout. Je sais qu'on s'est toujours moqué de moi. Savez-vous que, le soir, elle le fait exprès de coucher avec Nic en ma présence ? Quand le Suédois est venu... Je ne veux plus parler de cela. C'est fini ! Si je restais longtemps dans l'île, je deviendrais fou. Il me semble que je suis enfermé mieux que dans une cave et, quand je vois la mer, il me prend des envies de hurler d'angoisse.

Il ajouta avec une naïveté inattendue :

— Cela ne vous fait pas le même effet?... C'est comme le climat... En France, la comtesse prétendait que le climat d'ici me guérirait... Ce n'est pas vrai... Au contraire!... Tout à l'heure, en venant, j'ai encore failli avoir une syncope et j'ai dû m'adosser à un arbre...

— C'est exact, approuva Herrmann. Ce que je ne comprends pas, c'est que mon fils, lui, aille beaucoup mieux...

Müller, accroupi devant le fond de chaise qu'il rempaillait, réfléchit un instant, se leva, s'approcha de Kraus.

— Enlevez votre chemise...

Il disait cela naturellement et, pendant quelques minutes, on put se croire dans le cabinet d'un praticien. Le docteur ausculta longuement la poitrine maigre du jeune homme, fit sonner les creux, examina la langue et les yeux, reprit enfin sa place.

— Qu'est-ce que vous pensez?

Müller haussa les épaules avec l'air de dire qu'il ne savait pas.

— Je trouve que votre tuberculose n'est pas si avancée que ça, grommela-t-il avec franchise. Je ne comprends même pas qu'elle vous mette dans cet état. Il doit y avoir autre chose. Mais quoi?

— Oui, quoi? haleta Kraus, encore tremblant de l'auscultation.

— Je l'ignore. Il est vrai que je ne me suis jamais occupé de ces maladies-là.

— Vous croyez que je vivrai jusqu'à l'arrivée du bateau?

— C'est probable... Pourquoi pas?

Rita lui en voulait de ne pas être plus encourageant et elle ne savait comment faire pour dissiper la frayeur du jeune homme, qui pouvait à peine reprendre sa respiration.

— Je pense que vous ne devez pas vous fatiguer, prononça-t-elle à tout hasard. Dans ces climats, le moindre mouvement fatigue. Moi aussi, quand j'ai marché une heure, je me sens plus lasse que si j'avais marché une journée entière en Allemagne...

Pourquoi Müller avait-il une flamme ironique dans le regard? Est-ce que ce discours était si ridicule? N'était-il pas humain de remonter le moral de Kraus?

Elle rougit en pensant soudain qu'il la croyait peut-être attirée vers le jeune homme comme elle l'avait été vers Larsen. Dès lors, elle ne dit plus rien, évita d'écouter la conversation.

Voilà ce qui arrivait maintenant entre eux, des malentendus stupides qui les figeaient ainsi loin l'un de l'autre, alors que dans la réalité, rien ne les séparait.

Kraus aurait voulu parler encore de sa maladie. C'était la chose qui l'intéressait le plus au monde.

— Le bateau passe dans trois mois, risqua-t-il pour en revenir à son idée. La saison sèche doit être plus saine pour moi que la saison des pluies...

— Il n'y a pas de raison, grogna Müller.

— Combien de chances sur cent me donnez-vous de vivre ces trois mois?

Il exigeait des précisions, se raccrochait à l'espoir d'un chiffre.

— Vingt pour cent?... lança-t-il, anxieux.

— Cinquante!

Il pâlit, lui qui avait dit vingt, car il avait espéré qu'on lui répondrait quatre-vingt-dix. Le coup d'œil qu'il lança au jardin ensoleillé trahit son angoisse qui devint telle qu'il ne put rester assis. Il se leva, s'étreignant les mains, s'approchant de la baie.

— Je vous remercie, monsieur le professeur... Et, naturellement, vous ne me conseillez pas un traitement?... Vous ne croyez pas que je doive faire ceci ou cela?...

— Cela a si peu d'importance!

Il s'efforça de sourire et même de plaisanter.

— Pour vous!

— Pour tout le monde, affirma Müller, que Rita n'avait jamais vu ainsi.

On eût dit qu'il avait une idée de derrière la tête, qu'il la poursuivait tout seul, parlant un langage que les autres ne pouvaient comprendre.

— Vous n'avez jamais pensé à rentrer en Allemagne, vous?

Il posait la question au professeur, mais c'est Rita qu'il regardait comme pour s'étonner qu'elle pût vivre éternellement dans cette île.

— Jamais.

— Il est vrai que vous êtes un savant!...

Un sourire furtif passa sur les lèvres de Müller, qui avait repris son lent travail de rempaillage. C'était crispant de le voir s'acharner ainsi des heures durant sur un ouvrage sans intérêt, avec le même sérieux que si le sort du monde en eût dépendu. Il était entouré de brins de pandanus qui répandaient une odeur sucrée et il en avait parmi ses longs cheveux gris.

— Si nous partions? proposa Kraus.

— Il va être temps, oui, soupira Herrmann, qui n'avait joué qu'un rôle muet.

Lui aussi, pourtant, suivait son idée, puisqu'il ajouta comme pour lui-même :

— Le professeur doit avoir raison. Je pense à mon fils. Ses crises ne ressemblent pas du tout aux vôtres. Vous ne seriez pas tuberculeux que cela ne m'étonnerait pas le moins du monde...

Les deux hommes partirent. Kraus était désillusionné. Cela ne s'était pas passé comme il l'avait imaginé. Tout le monde avait pris la parole, lui surtout, mais il n'y avait pas eu de conversation, comme si chacun n'eût parlé que pour soi.

C'était comme le départ. On ne se disait pas au

revoir. On ne se serrait pas la main. Les uns s'en allaient; les autres restaient et c'était tout.

Cela donnait une sensation de vide, d'inutilité. On ne savait plus ce qu'on faisait là les uns et les autres, ni pourquoi on se donnait encore la peine de respirer.

Heureusement qu'Herrmann, chemin faisant, recommençait ses litanies.

— Il ne faut pas faire attention. Si vous connaissiez les savants comme je les connais, vous comprendriez. Tenez! J'en ai vu un, à Bonn, célèbre dans le monde entier, qui, tandis que sa femme accouchait, faisait des expériences sur elle comme il eût fait sur n'importe quelle malade de l'hôpital... Ils ne sont pas mauvais pour cela... Mais ils ont trop d'idées dans la tête... Je sais ce que c'est!

Ne voulait-il pas insinuer qu'il était un peu dans le même cas?

— Si je meurs ici, prononça Kraus en s'arrêtant soudain, je ne veux pas qu'on m'enterre dans l'île, ni qu'on me jette à la mer. Je veux que mon corps soit envoyé en Allemagne, chez moi...

— Comment ferait-on? répliqua candidement son compagnon. Avec cette chaleur!

Il avait dit ces mots sans intention, mais voilà que Kraus écarquillait les yeux, regardait autour de lui avec épouvante. Sa respiration sifflait. Il serrait violemment ses mains l'une dans l'autre.

— C'est vrai!

Des mouches bourdonnaient dans l'air brûlant, des insectes crépitaient dans les herbes desséchées.

— Je ne veux pas!... Je ne veux pas!... s'écria le jeune homme qui commençait à trembler. Vous entendez? Je ne veux pas mourir ici!...

— Mais non... Mais non...

— Je vous dis que je ne veux pas...

Il s'était jeté par terre, de tout son long, et il pleurait :

— Je ne veux pas, maman!... Pas ici!...

La crise fut courte, par bonheur. Les larmes jaillirent en abondance, puis il y eut la quinte de toux libératrice. Kraus dut se lever, tousser éperdument, cassé en deux, le visage pourpre.

La toux passée, il s'appuya un moment à l'épaule d'Herrmann.

— Vous me garderez chez vous jusqu'à l'arrivée du bateau, n'est-ce pas? Sinon, *ils* sont capables de me faire mourir... Savez-vous ce que j'ai pensé? C'est que Nic voudrait m'empoisonner... Il me déteste... Il sait que la comtesse, au fond, m'aime mieux que lui... Seulement, lui, c'est un homme du monde... Vous avez vu que, même ici, il s'habille comme sur une plage élégante... Et j'étais obligé de laver ses pantalons blancs!...

« La femme du docteur est bonne... J'ai bien senti que, si elle pouvait m'aider, elle le ferait... Vous croyez qu'elle est heureuse?

— Pourquoi pas?

Il passait ainsi, sans s'en apercevoir, d'une idée à une autre.

— Je ne sais pas... Je dis ça en l'air...

Le décor avait changé en quelques semaines. Rares étaient maintenant les taches de verdure mais, par contre, les broussailles étaient d'un ton doré qui tournait au roux. On entendait à peine, en suivant le sentier, le murmure du ruisseau presque à sec.

Et l'air, surtout à cette heure de la journée, était lourd à respirer. Kraus suait si abondamment que sa chemise kaki lui collait au corps. Comme Herrmann marchait devant, il ne voulait pas l'arrêter sans cesse pour reprendre son souffle et, par moments, il en avait les oreilles bourdonnantes.

— Vous croyez qu'il ne vivra pas trois mois? demandait cependant Rita à Müller.

Comme il l'avait déjà fait, il haussa les épaules.

— Quelle importance cela a-t-il?

— S'il pouvait rentrer en Allemagne!

— Evidemment!... soupira le professeur.

Qu'est-ce que cela voulait dire? Pourquoi parlait-il ainsi par énigmes? C'était à croire qu'il avait découvert la clef de l'avenir et qu'il faisait allusion à des événements qu'il était seul à prévoir.

— Il est tuberculeux?

— Oui. Il a autre chose aussi, je ne sais pas

quoi, mais cela revient au même, puisque cela aboutira à un résultat identique...

— Vous lui avez fait peur, osa-t-elle murmurer en guise de reproche.

— Vous croyez?

Et il continua son travail de rempaillage d'un air buté.

VIII

— Qu'est-ce qu'il a répondu? demandait la comtesse.

— Il a dit comme ça (le couteau manié par des mains mouillées achevait de tracer un premier cercle autour de la pomme de terre) qu'il ne vous en voulait pas à vous, mais que (la pomme de terre était toute nue et tombait dans un seau tandis que l'épluchure en rejoignait d'autres dans le giron de Mme Herrmann)... tant que M. Nic sera là...

C'était hallucinant. Mme Herrmann avait un caractère tellement souligné qu'il suffisait, avec quelques accessoires, à transformer l'atmosphère. Etait-on encore dans un îlot des Galapagos? Et la maison n'était-elle en réalité qu'une case en bambou?

Par la magie d'une silhouette, d'une voix, des mains potelées maniant le couteau autour des pommes de terre, on était partout sauf là, ou plutôt on était dans une petite maison de Bonn, dans une cuisine dont la porte était ouverte sur un jardin et encadrée de glycines.

Depuis son arrivée à Floréana, Mme Herrmann n'avait pas changé le style de ses vêtements. Elle portait toujours des robes de cotonnade claire et, presque invariablement, un tablier à petits carreaux bleus, avec un mouchoir dans la poche.

Comment avait-elle, avec si peu d'objets, créé une ambiance de maison? Chez Müller, rien ne donnait l'idée du confort, du home, encore moins de la famille.

Ici, par exemple, sur la table du milieu était tendue une toile cirée apportée d'Allemagne. Peu importait dès lors que le sol fût de terre battue. Cette toile cirée imposait l'idée de cuisine et de bonne ménagère.

Une étagère surmontait le fourneau à pétrole et les casseroles étaient rangées par ordre de taille.

Enfin, il y avait l'odeur, que la comtesse respirait chaque matin avec nostalgie, une odeur de cuisine, certes, mais non de cuisine quelconque, une odeur de cuisine mijotée comme on garde le souvenir d'en avoir mangé pendant son enfance.

Par surcroît, Mme Herrmann était toujours calme et elle souriait sans cesse. Elle n'en voulait à personne; elle ne détestait personne.

— Qu'est-ce que vous voulez, expliquait-elle maintenant, il trouve extraordinaire que M. Nic lui ait laissé tout le travail...

On parlait de Kraus, évidemment. Tandis

qu'Herrmann prenait l'habitude d'aller se frotter chaque jour au professeur, la comtesse, elle, pénétrait d'un air digne dans la maison de Mme Herrmann.

C'était peut-être la vingtième fois qu'elle venait de la sorte à la même heure. Chaque fois, elle était restée près de deux heures assise à la même place, à bavarder en fumant des cigarettes. N'empêche qu'elle n'acceptait pas cette tyrannie de l'habitude et qu'elle avait chaque jour une « entrée » nouvelle.

— Vous avez du feu, Maria?

Ou bien :

— Il faut que je vous demande un conseil, en passant. Pour cuire les patates douces...

Elle rôdait quelques instants dans la pièce et finissait dans le fauteuil d'Herrmann, près du rideau qui cachait les lits.

La case n'avait pas de fenêtres, la lumière passait, filtrée entre les bambous, et, plus violemment, en un rectangle aveuglant, par la porte toujours ouverte.

— S'il ne revient pas, je ne sais pas ce que je ferai. Sans lui, la vie est impossible.

— Je le lui ai répété hier. Il écoute. Il hoche la tête et il répète :

« — Tant que Nic sera là...

— Il sait pourtant bien qu'ils ne sont pas du même monde, répliqua vivement la comtesse. Nic est le fils d'un gros armateur de Lübeck. Il ne peut décemment pas faire la vaisselle tandis que Kraus irait se promener...

— Kraus prétend que Nic était vendeur dans un magasin...

La comtesse ne se troubla pas.

— Vous ne pouvez pas comprendre. Il n'y a aucun déshonneur à exercer à certain moment un métier au-dessous de sa classe. J'ai bien vendu des bijoux, moi, comtesse von Kleber, dont la mère a reçu le Kaiser dans son château! Si Nic a été vendeur, c'est qu'il a rompu avec ses parents, qui voulaient lui faire épouser une cousine juive. Car Nic, bien qu'israélite, déteste les Juifs...

Maria secouait son tablier à carreaux et mettait une casserole sur le réchaud. Elle était habituée à la compagnie de la comtesse et à ses histoires : elle était trop respectueuse pour en relever les contradictions.

Car Nic, deux semaines plus tôt, était non le fils d'un armateur, mais le fils naturel du grand mathématicien Einstein.

— Il faut bien qu'elle passe son temps, disait Maria à son mari quand, le soir, elle lui répétait ces récits. Que peuvent-ils faire là-haut toute la sainte journée?

Maria seule, d'ailleurs, aurait pu le dire, car elle allait de temps en temps à l'*Hôtel du Retour à la Nature* pour donner un coup de main et elle était chaque fois effarée du désordre qui y régnait.

Nic restait des jours sans se raser ni changer de

linge. Des heures durant, sur la terrasse, il était allongé dans le même hamac, fumant des cigarettes et relisant des romans qu'il avait déjà lus cinq ou six fois. Ou encore, il faisait tourner des disques qui dataient de trois ans et qui lui rappelaient Montparnasse.

Les bouts de cigarettes s'amoncelaient par terre. Les mouches formaient des nuages autour des boîtes de conserve qui traînaient, ouvertes un peu partout, et de longues processions de fourmis se dirigeaient vers les mêmes objectifs.

Personne ne lavait le linge. Personne ne nettoyait la maison. Un jour, Mme Herrmann s'était attelée à cette tâche et le soir son mari l'en avait grondée.

— Tu ne dois pas faire cela. Tu n'es pas leur domestique.

— Je sais, mais ç'a été plus fort que moi. J'étais malade de voir une pareille saleté...

La comtesse portait toute la journée un même peignoir de soie à ramages qui déteignait sous les bras.

— Il faut expliquer à Kraus qu'il doit faire cela pour moi. Dites-lui qu'au prochain bateau je m'arrangerai pour que Nic nous quitte et qu'alors nous serons heureux tous les deux...

— Il ne veut plus rester dans l'île.

— Et qu'est-ce qu'il fera à terre? Il sait bien qu'il ne peut pas retourner en Europe!

Il était impossible de démêler quand elle mentait et quand elle disait la vérité. D'autres fois, elle avait déclaré que, si elle avait quitté la France, c'est parce qu'elle était lasse des fêtes et des réceptions dont elle y était l'objet.

— Au fond, moi, je suis née pour la simplicité, soupirait-elle alors, avec un accent tel qu'on pouvait s'y laisser prendre. Il m'aurait fallu des enfants, comme à vous! Le hasard m'a fait naître dans un milieu trop brillant...

Certains jours, elle avait les paupières épaisses, la prononciation difficile. Maria savait que ces jours-là, dès son lever, elle avait bu de grands verres d'alcool. La comtesse geignait :

— Je n'ai pas encore dormi de la nuit, ma pauvre Maria! Toujours mes insomnies! C'est terrible d'être si nerveuse. Alors, j'ai pris mon médicament...

Elle pleurnichait jusqu'au bout, demandait avec sollicitude des nouvelles du fils Herrmann.

— C'est le plus heureux de nous tous, car il ne pense pas!

Jef était rarement là; il profitait des absences de la comtesse pour aller à l'*Hôtel du Retour à la Nature* vider les boîtes de conserve et les bouteilles. On le retrouvait dormant à l'entrée d'une caverne ou dans quelque fourré.

— Nous sommes le quantième? Le vingt-cinq? Cela fait donc trois mois que nous sommes ici. Heureusement que, la semaine prochaine, nous verrons arriver un yacht, celui d'un de mes bons amis anglais, un lord, qui fait en ce moment le tour du monde. Nous pourrons renouveler nos provisions de whisky et de conserves. Dites-le à Kraus. Il est capable de revenir exprès...

Ce qu'elle ne savait pas, c'est que, bien souvent, Kraus était là, dans le jardin, assis tout contre la cloison de bambou, à écouter.

— Vous verrez, Maria, ce qui arrivera quand les photographies que Paterson a prises auront paru dans les journaux américains. Ce sera fini de nos difficultés. Je connais les Américains, surtout ceux qui sont très riches et qui s'ennuient. Ils viendront ici. Nous aurons toujours une vingtaine de visiteurs et nous ferons venir les domestiques nécessaires. Dès lors, ce sera la vraie vie! On s'amusera du matin au soir. On fera des choses qui seront racontées avec stupeur dans le monde entier. Si vous parliez de moi à Montparnasse, on vous dirait que je m'y connais pour organiser des fêtes. Tenez! une fois...

Et Mme Herrmann, comme l'heure du dîner approchait, posait les couverts sur la table en les essuyant un à un. Couteaux et fourchettes devaient être un cadeau de mariage, car ils étaient en argent et, après tant d'années, elle les serrait encore dans leur écrin.

Une autre question hantait la comtesse.

— Comment faisiez-vous, pour l'eau, les autres années? Bientôt le ruisseau sera à sec. Je vais le voir tous les jours. J'en rêve la nuit...

— Il faut ménager la réserve d'eau de pluie. Nous n'avons pas encore touché à la nôtre...

— Mais pour les bains?

— On ne prend pas de bains, répliquait Maria.

L'heure arrivait où la comtesse sentait que le préparateur allait rentrer. Elle n'avait pas de raison de l'éviter. C'était plutôt une sorte de pudeur qui l'empêchait d'être prise à papoter avec Maria.

— Je vais faire mon dîner, soupirait-elle. Si on m'avait annoncé qu'un jour je préparerais les repas!...

Herrmann ne tardait pas à paraître, essoufflé d'avoir gravi la côte. Il s'asseyait dans son fauteuil que la comtesse venait de quitter et qui restait imprégné de son odeur.

— Le professeur est de plus en plus charmant avec moi. Aujourd'hui, c'est lui qui m'a retenu.

« — Restez, mon cher Herrmann, a-t-il dit.

— La comtesse sort à l'instant.

— Je sais.

— Il paraît qu'elle attend un yacht la semaine prochaine.

Kraus entra, l'air sombre, jeta son chapeau dans un coin et s'assit, les coudes sur la table. Maria l'observa avec inquiétude, car elle craignait qu'il devînt neurasthénique. C'est à peine si on pouvait encore lui adresser la parole. Au surplus, il continuait de maigrir, ce qui était effrayant. Les yeux étaient entourés d'un cerne profond.

— Il se ronge, soupira Maria. Le mieux, ce serait que le yacht accepte de le ramener en Amérique...

Par contre, il mangeait beaucoup, mais sans faire attention aux plats.

— Si vous voulez, déclara-t-il soudain ce jour-là, je vais vous bâtir une seconde maison.

— Pour quoi faire?

— Je ne sais pas... Pour en avoir deux... Ou alors, que voulez-vous que je vous fasse?

— Pourquoi voulez-vous nous faire quelque chose?

— Parce que je suis à votre charge. Je mange vos provisions. Vous savez bien que je ne pourrai jamais payer ma pension, car la comtesse ne me donnera pas d'argent.

— Taisez-vous... intervint Maria.

— Non! Je veux faire quelque chose. Je peux scier du bois de façon que vous en ayez pour des années. J'ai trouvé de beaux arbres pour cela, à un kilomètre d'ici.

Le signe qu'Herrmann adressa à sa femme voulait dire :

— Laisse-le faire!

Il sentait que le jeune homme s'obstinerait. C'était dans son caractère et il se buterait d'autant plus qu'on le contredirait davantage.

— Nous verrons cela quand vous irez mieux.

Il ricana et il avait à peine fini de manger qu'il

partait sans rien dire, s'arrêtait un instant dans la remise à outils.

— Jef n'est pas rentré?

C'était leur plus grand souci ; il était impossible d'obtenir du gamin qu'il revînt à des heures à peu près régulières et il était plus difficile encore de mettre la main dessus dans les fourrés.

Presque chaque après-midi son père partait à sa recherche et quand il rentrait c'était le plus souvent pour retrouver Jef à la maison.

Ce soir-là, ce fut Kraus qui fut en retard et qui ne se montra qu'une fois la nuit tombée. Il était très rouge. Sa chemise kaki était ternie par de la fine sciure de bois. Traversant la pièce en silence, il alla s'étendre tout habillé sur son lit.

— Venez manger, Kraus.

— Non.

— Il faut que vous mangiez. Vous vous coucherez après.

— Non.

Il était comme cela quand ça le prenait. On ne pouvait rien en tirer. Ce n'était pas par méchanceté, comme disait Maria, mais parce que ses idées le travaillaient.

— Qu'est-ce que vous avez fait tout l'après-midi?

— Rien!

C'était faux. Il avait abattu des arbres, rageusement, et des heures durant il s'était obstiné à les débiter en rondins, sous un soleil brûlant. Maintenant, il en avait la fièvre et, quand Maria alla se coucher à son tour et qu'en passant elle lui toucha la main, elle fut prise de peur.

— Herrmann!... Il a de la température.

Elle croyait que Kraus dormait, car il restait immobile, les yeux clos.

— Il faut faire quelque chose... Regarde ses joues...

Ils n'avaient qu'une petite veilleuse à pétrole pour s'éclairer. Jef dormait déjà, quiet comme un animal.

— Il a peut-être pris un coup de soleil.

— Si on allait chercher le docteur?

Herrmann secoua la tête, prévoyant la mauvaise humeur de Müller si on le réveillait. Ce n'était pas un méchant homme, non plus! Mais c'était un savant et un savant n'a pas les mêmes idées que les autres sur la maladie et sur la mort.

— On va essayer d'une compresse d'eau froide.

— Ce n'est pas la peine, trancha la voix de Kraus.

— Qu'est-ce que vous ressentez? Où avez-vous mal?

— Je n'ai rien... Je veux qu'on me laisse...

Les Herrmann hésitèrent longtemps et ne se résignèrent à se coucher qu'en sentant que leur pensionnaire allait se fâcher.

Maria ne s'endormit pas tout de suite. Longtemps après, elle entendit un bruit très doux, étouffé, qui venait du lit du jeune homme.

Elle tendit l'oreille et le bruit se répéta, se répéta encore, à intervalles réguliers.

Kraus pleurait, la tête enfouie dans son oreiller détrempé de sueur.

— La semaine prochaine...

Maintenant, la comtesse disait :

— Dans deux ou trois jours...

Et elle était fébrile, tournait sans cesse autour de Maria, à qui elle prodiguait des marques d'affection.

— Je vous admire, Maria ! C'est tellement beau de savoir tout faire ! Quand j'aurai le temps, je viendrai chez vous prendre des leçons... Mais il faudra que vous ayez une autre maison...

— Une autre maison ?

— Mais oui ! Je ne voulais pas vous en parler dès maintenant, car je m'étais mis en tête de vous en faire la surprise. Dans quelque temps, quand l'île sera lancée, je compte amener des matériaux pour construire des bungalows en ciment. Chaque locataire aura son bungalow, si bien que cela ressemblera à une cité idéale. Alors, la maison norvégienne que nous habitons sera pour vous.

— Vous êtes trop aimable.

— Mais non ! Mais non ! Vous nous avez déjà rendu tant de services ! Sans vous, je ne sais pas comment je me serais organisée.

Le pauvre Kraus, pendant ce temps-là, se tuait

à scier du bois, tout seul dans les broussailles.

— Par exemple, je vous demanderai encore une chose, ma petite Maria. Lord Bambridge, qui va arriver, est un très grand seigneur anglais, qui a son couvert mis à la table du roi. Il m'a connue toute petite. Il sait que j'ai des idées originales, et lui-même vit la plus grande partie de l'année à bord de son yacht. Je voudrais que son impression, en arrivant ici, fût bonne...

Maria tournait le dos et la comtesse ne la vit pas sourire en disant :

— J'irai arranger la maison!

— C'est urgent, car un yacht n'est pas comme un paquebot. Il peut aussi bien arriver deux jours plus tôt que deux jours plus tard. Pendant le travail, votre mari et votre fils n'auront qu'à prendre leur repas chez nous, pour ne pas vous faire perdre de temps.

— Et Kraus?

— Vous verrez qu'il viendra aussi!

— J'irai cet après-midi, promit Maria.

Mais la comtesse en voulait davantage et fit tant et si bien que Mme Herrmann la suivit tout de suite, laissant sur la table un billet qui annonçait :

« Je suis à l'hôtel et je vous y attends pour manger.

« Mère. »

Elle signait toujours « mère », depuis qu'elle avait un enfant; de son côté, Herrmann signait « père ».

Nic avait une compresse autour du cou et se plaignait de maux de gorge, ce qui ne l'empêchait pas de fumer.

— Nos dernières cigarettes, grogna-t-il. Encore dix paquets et ce sera fini!

— Le yacht sera arrivé.

Maria avait emporté ses sabots et les mit pour commencer le travail. Une demi-heure après régnait une âcre odeur de savon et de lessive.

— J'ai une idée, fit soudain la comtesse. Quand votre mari viendra, je lui en parlerai.

Herrmann, lorsqu'il arriva, trouva sa femme en nage au milieu des seaux et des brosses.

— C'est pour l'arrivée du yacht, expliqua-t-elle. Je n'ai pas osé refuser, surtout qu'elle veut nous donner la maison.

— Quelle maison?

— Celle-ci... Chut!... Je t'expliquerai ce soir...

— Herrmann... Herrmann... appelait la comtesse installée sur la véranda. Venez ici, que je vous communique mon idée. Lord Bambridge s'intéressera sûrement à vous, car il aime tout ce qui touche à la science. J'ai pensé qu'on pourrait garnir la maison avec des plantes vertes et des fleurs. Je me souviens d'avoir vu ça sur une photographie... On prend des palmes de cocotier et...

Elle triompha une fois de plus! A trois heures de l'après-midi, la maison était transformée en chantier. Herrmann, aidé de son fils, tressait les palmes de cocotier autour des montants de la véranda. Maria, dans la cuisine, astiquait les casseroles piquées de rouille, et la comtesse allait et venait, trépidante, cependant que, de dix en dix minutes, Nic renouvelait ses compresses en gémissant.

Il avait passé une heure à fabriquer de la glace avec un petit appareil qu'il avait apporté d'Europe et qui n'avait jamais fonctionné.

— Il faudra que Lord Bambridge nous donne une machine à glace, gronda-t-il.

— J'ai pensé aussi à des verres! Presque tous nos verres sont cassés...

— Le mieux est de dresser une liste.

On entendait le froissement des palmes et la voix d'Herrmann qui, de temps en temps, donnait des indications à son fils. Jef, heureux de cette agitation, s'y plongeait avec délices.

— Primo cigarettes... dicta la comtesse à Nic, qui écrivait. S'il a un moulin à café en trop, on le lui demandera, car le nôtre ne moud plus assez fin.

— Du whisky, évidemment, et la machine à glace. A bord d'un pareil yacht, il doit y en avoir plusieurs...

— Il prendra aussi notre lettre pour la maison Camel... Ah! j'oubliais : qu'il commande sur le continent du papier à en-tête de l'*Hôtel du Retour à la Nature.*

Herrmann écoutait sans le vouloir et ne savait plus que penser.

— Du sel et du poivre... Je ne retrouve plus notre réserve...

— S'ils avaient quelques briquets pour remplacer les nôtres qui sont rouillés... Pendant les pluies, tout a rouillé, dans ce sale pays...

Le soir, ils étaient toujours au travail. Les Herrmann refusèrent de partager les conserves qui restaient et rentrèrent dîner chez eux, où Kraus s'était couché sans manger.

Le couple chuchota.

— J'ai vu leurs provisions, soufflait Mme Herrmann. Ils ont tout gaspillé en trois mois. Il ne leur reste presque rien. Le sac de riz a été mouillé et le riz est gâté. Ils ont jeté la farine parce qu'elle était pleine de vers.

— Que vont-ils manger?

— Ils ont des caisses de biscuits de mer, mais ils n'y ont pas touché. Ils ne doivent pas aimer ça. Il y a bien une vingtaine de boîtes de sardines, quelques anchois et des petits pois.

Kraus respirait fortement et il n'était pas douteux qu'il fût encore en proie à la fièvre.

— Demain, promit Herrmann, je l'emmènerai avec moi chez le professeur, sans avoir l'air de rien. Si le yacht accepte...

Ils en arrivaient à parler comme la comtesse :

— ... *Le yacht... Quand le yacht sera là... Si le yacht accepte... Le yacht nous donnera...*

Le lendemain, Herrmann ne put aller chez le docteur, car on lui demanda encore de travailler à la maison qui, le soir, était parée comme pour un quatorze juillet.

La comtesse était très fière. En s'extasiant, elle murmura :

— Pourvu qu'il vienne vite!...

Du moins Herrmann crut-il entendre le mot « vite ».

Maria, elle, qui prétendait avoir l'ouïe fine, affirma qu'elle n'avait entendu que :

— Pourvu qu'il vienne!

Cela provoqua une discussion dans le ménage.

— Tu crois qu'elle nous aurait imposé tout ce travail sans être sûre?

— Je la crois capable d'inventer l'histoire du yacht.

— Alors, pourquoi as-tu accepté?

— Parce que tu avais déjà accepté.

— Cela ne voulait pas dire...

Le lendemain matin, Herrmann, qui se faisait plus paternel avec Kraus, emmenait celui-ci vers la case du professeur. Jamais le ciel n'avait été aussi pur, d'un bleu plus serein, et sur un parcours d'une cinquantaine de mètres, de grosses fleurs jaunes tombées des arbres jonchaient le chemin!

Kraus, très abattu, évitait de parler, comme s'il eût gardé rancune à tout le monde.

— Le professeur vous aime beaucoup. Il m'a dit hier encore...

— Il vous a dit que j'allais crever. C'est son métier, à lui. Cela lui fait presque plaisir!

Mais soudain, comme ils émergeaient du sous-bois, ils eurent la vision de la baie entière et Herrmann poussa une exclamation. Le yacht, leur yacht était là, un yacht immense, plus grand et plus beau que celui de Paterson, aux cheminées cerclées de rouge. Il venait de jeter l'ancre, car on vit un jet de vapeur gicler du sifflet et quelques instants plus tard on percevait l'écho de cet appel.

Herrmann se tourna vers Kraus et le trouva transfiguré. Une expression extatique d'espoir illuminait son visage dont les yeux brillaient et, soudain, il s'élança en avant sans se soucier de son compagnon.

Rita le vit passer au moment où elle gravissait un monticule pour apercevoir le bateau.

— Kraus!... appela-t-elle.

Mais Kraus n'entendit pas. Eperdument, il courait vers le salut.

IX

L'île était en folie. Derrière Kraus, Rita vit arriver Herrmann qui courait à toutes jambes dans l'espoir d'arriver sur la plage en même temps que son protégé.

Puis ce fut le plus beau : la comtesse et Nic en proie à un délire véritable. La comtesse dansait, riait aux éclats ; en passant, elle ne manqua pas de lancer à Rita des phrases qui devaient être ironiques, mais que celle-ci ne comprit pas : malgré ce qu'il pouvait y avoir de ridicule ou d'exagéré dans cette joie, elle n'en était pas moins mélancolique comme on l'est quand on voit commencer la fête chez le voisin.

Il y avait, dans l'atmosphère de ce jour-là, comme un miracle. Jamais l'air n'avait été aussi transparent, à tel point que, malgré la distance, on distinguait tous les détails du yacht, y compris les matelots qui lavaient le pont à grande eau. Et cette transparence de l'air, la fragilité du ciel, la muette immobilité de l'océan faisaient du yacht qu'ils sertissaient une chose unique. Pas un élément qui ne concourût à le mettre en valeur! Ses lignes se dessinaient avec la netteté d'une estampe japonaise et son pavillon anglais apportait dans une symphonie pâle la tache rouge qui y manquait.

Il y a des objets d'étalage dont nul enfant ne s'est jamais amusé et qui feront pourtant rêver des générations entières.

Il était impossible de regarder ce yacht-là, reposant dans la douceur de la baie, sans avoir envie de partir, de vivre entre ses cloisons vernies. parmi les bois rares et les cuivres astiqués, d'être propre et net, bien habillé comme les matelots qu'on apercevait sur le pont.

Rita avait mis ce jour-là sa culotte de toile bleue. Peut-être pensait-elle descendre jusqu'à la plage pour voir le bateau de plus près quand elle entendit du bruit à côté d'elle.

C'était Müller. Mais la vue du professeur la stupéfia car, pour la première fois, il avait sorti les jumelles du coffre où elles étaient enfouies depuis leur arrivée.

Müller, qui affectait toujours une hautaine indifférence, contemplait le navire anglais à l'aide de lunettes d'approche!

— Il est plus grand que le vapeur qui nous a amenés de Panama à Guayaquil, constata-t-il. Il y a au moins trente hommes à bord.

Le couple était à cet endroit même où Müller et

Herrmann s'étaient rencontrés lors de l'arrivée de la comtesse. Le sol était en pente. On pouvait s'asseoir confortablement et voir tout ce qui se passait au-dessous. On apercevait même la plage où une silhouette noire ne tarda pas à s'agiter.

C'était Kraus qui courait, puis qui s'arrêtait net, stupéfait, dérouté, en ne trouvant pas la vedette du yacht.

Lord Bambridge, à vrai dire, ne semblait pas pressé de descendre à terre. La vedette était au bas de l'échelle de coupée, sans un marin à bord.

Sur le pont, d'ailleurs, on ne voyait que des hommes d'équipage qui vaquaient aux habituels travaux du nettoyage du matin. Quand ils entendirent le cri que Kraus poussait sur la plage, ils le regardèrent avec étonnement, puis ils reprirent leur tâche.

Kraus redoubla de rage, et alors seulement, un des matelots pénétra dans le poste de commandement. Un officier parut sur la passerelle, observa l'exalté à l'aide de ses jumelles, resta immobile.

Pour Rita et Müller, cela se passait très loin, au fond d'une cave pleine d'air transparent qui n'enlevait rien au relief des objets tout en les réduisant à des proportions dérisoires.

Kraus se retourna. On ne pouvait savoir ce qu'il voyait, mais on le vit, lui, qui se débarrassait de sa chemise et qui s'avançait dans l'eau. Quand celle-ci atteignit sa ceinture, il se mit à nager maladroitement, avec des mouvements trop rapides.

— Les requins!... haleta Rita en touchant le bras de Müller.

La baie en était pleine. Jamais personne ne s'y baignait. Les hommes du yacht devaient l'ignorer, car ils s'accoudaient au bastingage pour contempler ce visiteur obstiné.

Herrmann, à son tour, avait atteint la plage et s'immobilisait, sidéré.

Il y avait cinq cents brasses au moins entre la rive et le navire. Kraus en avait parcouru la moitié et ses mouvements devenaient plus saccadés quand des hommes, en courant, se précipitèrent vers la vedette. Sans doute avaient-ils aperçu l'ombre des squales.

Cela parut très long, mais en réalité cela ne dura que quelques secondes. Le moteur fut mis en marche; l'eau se rida à l'arrière, tandis qu'un peu de fumée décrivit une courbe; deux hommes se penchèrent et hissèrent le nageur à bord.

La comtesse et Nic venaient d'arriver sur la plage. D'en haut, on ne pouvait les entendre, mais probablement criaient-ils à leur tour. En tout cas, il gesticulaient comme l'avait fait Kraus. Comme la première fois aussi, les matelots feignirent de ne pas entendre et regagnèrent le yacht avec le rescapé qu'on poussa, dégouttant d'eau, le long de l'échelle.

— Voici le propriétaire, annonça Müller qui ne lâchait pas les jumelles.

Un homme de soixante ans, très grand, maigre,

raide comme un officier, avait surgi sur le pont, vêtu d'un pantalon de flanelle blanche et d'une tunique d'uniforme, coiffé de blanc, une courte pipe entre les dents.

Des jumelles pendaient sur sa poitrine; il s'en servit pour observer la rive, puis donna des ordres. L'instant d'après la vedette repartait, mais sans lui, vers l'endroit où étaient la comtesse et Arenson.

Peut-être ce qui passionnait Müller, était-ce d'essayer de comprendre ces scènes successives sans entendre les paroles prononcées. Parfois aussi, selon les allées et venues, des personnages disparaissaient sans qu'on pût savoir ce qu'ils faisaient.

Une table était dressée sur le pont, couverte d'une nappe blanche, et le yachtman s'y installa seul tandis que Kraus lui parlait avec véhémence.

Il n'avait plus que quelques minutes devant lui. Déjà la comtesse et Arenson étaient à bord de la vedette qui s'éloignait de la plage de sable noir. Ils allaient embarquer sur le yacht.

Kraus se tournait tantôt de leur côté et tantôt vers son interlocuteur, qui beurrait un toast.

Que lui disait-il? Qu'il voulait partir, qu'il suppliait qu'on le prît à bord pour le débarquer dans le premier port venu? Accusait-il la comtesse de mauvais traitements à son égard? Parlait-il de sa tuberculose et de sa mort prochaine?

Toujours est-il que lord Bambridge se leva et se

dirigea vers l'échelle pour y accueillir la visiteuse, à qui il baisa la main. La comtesse parlait, évidemment, plus fort et plus vite encore que Kraus.

Müller ricana, essuya les verres des jumelles pour mieux voir. Le groupe se rapprochait de la table et du petit déjeuner servi pour une personne. Le propriétaire se tourna vers un Chinois en blanc qui le servait et qui apporta deux couverts supplémentaires.

Kraus baissait la tête.

Qui l'emporterait? Qu'allait-on décider? Le lord fit encore un geste à l'adresse de deux matelots et ceux-ci emmenèrent le jeune homme vers l'arrière, où on le laissa debout en plein soleil.

Les autres déjeunaient; on devinait le craquement des toasts, l'odeur du beurre qui fondait, celle du thé fumant dans les tasses.

C'était toujours la comtesse qui parlait en gesticulant, en se penchant, en touchant l'épaule ou la main de son hôte, comme pour le convaincre plus sûrement.

Quant à Herrmann, on l'avait laissé sur la plage; il s'était assis à l'ombre d'un rocher et il attendait.

— Si le yacht proposait d'emmener tout le monde!... plaisanta Müller du bout des dents.

C'était bien l'impression qui se dégageait du tableau. Bambridge était là comme Dieu le Père en personne à écouter sans mot dire. Tout à l'heure, il parlerait et on ne pourrait rien contre sa décision !

Le petit déjeuner dura près d'une heure, car on servit des œufs à la coque, puis des confitures et des fruits.

Il n'y avait pas la moindre brise, le plus léger souffle d'air, et les palmes des cocotiers pendaient lourdement. Rita se taisait, le nez pointu comme quand, petite fille, elle assistait de loin à une fête.

On servait, entre autres choses, des pommes, de vraies pommes vertes et rouges dont la chair devait crisser sous le couteau...

Là-haut, à l'*Hôtel du Retour à la Nature,* Mme Herrmann s'affairait, afin que tout fût prêt pour recevoir le fameux lord.

Celui-ci se leva enfin, bourra sa pipe et se dirigea vers la plage arrière, tout seul, dit quelques mots à Kraus, qui voulut riposter. On ne lui en donna pas le temps. Habitué à commander, le yachtman faisait demi-tour après avoir parlé et les deux matelots poussèrent doucement le jeune homme vers la coupée, puis dans la vedette qui rida l'eau une fois de plus.

— Raté ! soupira Rita.

Sur la plage, Kraus ramassa sa chemise, qu'il tint roulée en boule dans sa main. Avant de disparaître, il tendit le poing vers le yacht et passa devant Herrmann sans lui adresser la parole.

Il dut marcher vite, sans s'arrêter, car moins de trois quarts d'heure plus tard, il surgissait en face de Müller et de Rita, effrayant d'agitation, tremblant de tous ses membres.

— Ils n'ont pas voulu de moi! cria-t-il. Ils me condamnent à crever ici! Voilà comment ils sont!... Et pourtant, j'ai promis de travailler pour payer mon passage. Qu'est-ce que cela peut leur faire, un homme de plus ou de moins?

— Qu'est-ce que le propriétaire a dit?

— Que les lois maritimes internationales ne lui permettent pas d'embarquer un passager sans l'autorisation du gouvernement. On aurait pu croire qu'il récitait à un concours les articles du règlement. Quant à la comtesse... J'ai très bien entendu... Je n'étais pas si loin... Elle a prétendu que j'étais son domestique et que je voulais partir en dépit de mon contrat... Elle ne veut pas que je parte!... Elle a peur que j'aille raconter ailleurs ce que je sais...

Il pantelait encore en se tournant vers la baie et en contemplant le yacht toujours silencieux et immobile.

— Je veux vous demander quelque chose, professeur. J'ai peur, cette nuit, d'aller dormir là-haut. Mme Herrmann est bonne, mais si la comtesse dit quelque chose... Vous comprenez? Je voudrais que vous me laissiez m'étendre chez vous, dans un petit coin... Je vous ferai du travail pour cela...

C'était son idée fixe. Chez Herrmann, il avait scié du bois pour des semaines et, à bord du yacht, Dieu sait quelle tâche il aurait trouvée pour ne pas être en reste.

— Assieds-toi, dit Müller.

— Je ne peux pas. Il faut que je remue. Les nerfs me font mal.

Il était fatigant à voir, à force de grimacer.

— Allez lui chercher quelque chose à boire, Rita.

— J'y vais moi-même!

— Toi, reste ici!... Pourquoi tiens-tu à retourner en Europe?

— Parce que je ne veux pas mourir ici!...

Müller ne pouvait détacher ses yeux de ce visage tourmenté, de ces prunelles affolées surtout, qui semblaient avoir peur de se poser sur les objets.

— Vous n'imaginez pas comme cela fait mal! J'ai la sensation qu'il y a en moi un moteur qui tourne toujours plus vite. Je peux à peine respirer...

Rita apporta des citrons qu'elle pressa dans un bol.

— Je crois que la comtesse est refaite aussi! triompha trivialement Kraus. Je n'en suis pas sûr, parce que je n'entendais pas tout et que des mots anglais m'échappent. En tout cas, il lui disait qu'il ne pouvait descendre à terre, car il n'avait pas eu le temps de demander l'autorisation à Guayaquil ou à Chatam. Cet homme-là ne parle que des règlements. Il est plus froid qu'un poisson...

Il s'assit enfin, le regard vague, puis s'étendit de tout son long sur le sol avec un gémissement de lassitude.

— Vous me garderez cette nuit, n'est-ce pas?

— Si tu veux.

Cette promesse le calma et il ferma les yeux, si bien qu'on put croire qu'il allait dormir. Rita avait pris les jumelles et regardait le yacht à son tour. Rien dans ce qui se passait ne ressemblait à ce qu'on attendait. Par exemple, les matelots embarquaient maintenant dans la vedette deux petites caisses, de la grandeur des caisses à whisky. Un peu plus tard, la vedette accostait à proximité de l'endroit où était Herrmann.

Celui-ci fut interpellé et se leva, parut stupéfait de ce qu'on lui disait, hésita, prit enfin une des caisses sur son épaule, tandis que les matelots s'asseyaient sur le sable.

On dressait déjà la table pour le lunch. La comtesse, Nic et Bambridge, installés dans des fauteuils, conversaient en buvant des cocktails préparés par le Chinois.

Pendant ce temps-là, le pauvre Herrmann coltinait sa caisse le long du sentier, atteignait la maison de Müller, apercevait ses trois compagnons sur la butte.

— Qu'est-ce que vous faites? lui demanda le professeur dont les petits yeux pétillaient.

— Je ne sais pas. Je n'y comprends plus rien.

Ces gaillards sont venus me dire de porter les caisses à l'hôtel.

« — De la part de qui? ai-je demandé.

« — De votre patronne... »

Herrmann s'épongea.

— Je n'ai pas voulu provoquer un scandale aujourd'hui. Je suppose qu'il doit y avoir quelque chose là-dessous...

— Oui, râla sans bouger Kraus qui ne dormait pas. Il y a qu'elle nous fait passer tous, tant que nous sommes, pour ses domestiques! J'ai lu la lettre qu'elle a écrite à la maison *Camel* pour commander vingt mille cigarettes. Savez-vous comment elle a signé? *Comtesse von Kleber, impératrice des Galapagos...*

Müller ne rit pas, devint plus attentif.

— Ce n'est pas tout! Elle a obligé Nic à signer : *Arenson, premier chambellan...* C'est d'ailleurs les gens du yacht qui vont être chargés de poster la lettre...

Il se tourna sur l'autre côté et ne dit plus rien, tandis qu'Herrmann, en soupirant, se remettait en route.

La journée tout entière fut comme un long dimanche radieux et désœuvré. On eût presque trouvé normal d'entendre des cloches et, à certain moment, Rita sursauta. Son coq avait chanté, du côté de la maison et, sans doute, à moitié assoupie, s'était-elle crue un instant dans quelque village d'Allemagne?

Herrmann, un peu honteux, coltina la seconde caisse tandis que le lunch avait lieu sur le pont du bateau, si près qu'aux jumelles on détaillait tous les plats.

Müller ne travailla pas, ne mit pas les pieds dans son jardin. Quant à Kraus, après avoir mangé des œufs battus, il s'endormit d'un lourd sommeil de malade.

Pour augmenter encore cette impression dominicale, on vit, sur le pont du yacht, que des toiles abritaient du soleil, les matelots apporter des chevalets à musique, des partitions, des sièges, des instruments.

Alors que la comtesse et Nic s'enfonçaient dans les fauteuils, dix marins vêtus de blanc prenaient place en demi-cercle autour du piano et lord Bambridge, s'installant parmi eux, saisissait le violoncelle.

Ce qu'ils jouèrent, on n'eût pu le dire, car les sons n'arrivaient pas jusqu'à la colline. A en juger par la longueur et par le mouvement, c'était une sonate, peut-être une sonate de Beethoven?

Rien ne manqua, pas même les applaudissements d'un auditoire de deux personnes, pas même l'entracte meublé par des conversations.

Herrmann, qui en était à son deuxième voyage, s'assit à côté de Müller.

— Ils ne descendront pas à terre, confirma-t-il. Un des matelots parle l'allemand. Je l'ai questionné.

— Question d'autorisation?

— Il m'a dit cela aussi. Il paraît que, surtout, lord Bambridge n'est pas très liant. Il veut bien recevoir n'importe qui, mais chez lui! Il tient toujours à rester le maître... Quand son bateau a traversé le canal de Panama, il a failli être malade, parce qu'on l'obligeait à utiliser les tracteurs du canal. Il ne visite aucune ville et reste le plus souvent à bord dans les ports...

Herrmann avait d'autres nouvelles qu'il hésitait à donner, par crainte d'être traité de mauvaise langue.

— Vous savez que les caisses ne sont pas fermées. Ma femme et moi, je l'avoue, avons regardé ce qu'il y avait dedans. Tout juste dix bouteilles de whisky, dix bouteilles de porto, vingt paquets de cigarettes *Camel,* un briquet et quelques boîtes de conserve. Si vous aviez vu la liste que la comtesse et Nic avaient établie hier...

Il était rageur, lui aussi, et pas seulement parce qu'on l'avait fait travailler comme un domestique. La présence du yacht était énervante. Ce fut presque un soulagement quand, après un second morceau de musique, le lord reconduisit ses hôtes jusqu'à la coupée.

— Qu'est-ce que je vous avais annoncé? Il veut

lever l'ancre ce soir et assister dans quatre jours aux fêtes de Lima.

La comtesse et Nic prirent place dans l'embarcation et, quelques instants plus tard, ils sautaient tous deux sur le sable. Un bon moment ils agitèrent les bras dans la direction du navire, mais lord Bambridge avait déjà pénétré dans ses appartements.

Alors commença un soir unique dans l'île. Comme des villageois un dimanche de canicule, Müller, Rita, Kraus et Herrmann restaient étendus sur la colline à regarder vaguement le spectacle de la baie.

On parlait peu. Le yacht était devenu le centre du monde et pas un de ses mouvements n'échappait aux spectateurs.

En moins d'un quart d'heure, la vedette eut repris sa place entre les deux cheminées, sur le pont supérieur.

Une fumée épaisse et noire ne tarda pas à salir un tout petit pan de ciel et peu après la chaîne de l'ancre était virée lentement tandis que le navire semblait soudain flotter à nouveau.

Le soleil, à ce moment, était déjà bas sur la ligne d'horizon et la moitié du ciel devenait rose comme le visage de ceux qui regardaient.

Alors le silence se fit, un silence tel qu'Herrmann oublia de l'entrecouper de ses réflexions timides. Un jet de vapeur annonça le coup de sirène qui vint quelques secondes plus tard et l'on vit le yacht de flanc d'abord, puis de face, puis de flanc encore, avant de découvrir seulement sa poupe et son pavillon.

Derrière lui, l'eau n'était pas blanche, mais d'un rose artificiel de sorbet.

Et le lagon peu profond s'irisait de toutes les teintes des coraux, depuis le rouge intense jusqu'au vert émeraude.

Jamais l'horizon n'avait paru si lointain. C'était vraiment dans un autre monde, un monde ignorant de la terre, que sombrait ce soleil encore incandescent.

Rita tourna à demi la tête et eut la gorge serrée. Car tout un pan du ciel était déjà mort. La pourpre et la lumière n'allaient plus jusque-là, où régnait un jour verdâtre, d'une netteté implacable.

Alors qu'ailleurs les arbres flambaient dans le crépuscule, de ce côté les objets prenaient des attitudes inhumaines, figés, eût-on dit, précisés, aiguisés par un jour venu d'ailleurs que de notre soleil, comme si la terre se fût refroidie soudain, comme si, échappant à son orbe rassurant, elle eût pénétré dans un cycle nouveau de planètes.

Et pourtant le yacht s'avançait lentement sur l'eau plate et luisante et les ondulations qu'il avait créées vibraient encore longtemps derrière lui.

Le temps, à peine, de regarder Müller, éclairé en rouge comme par un feu de Bengale et Rita, en se retournant vers la mer, poussait une exclamation.

Tout changeait à nouveau. Tout avait déjà changé. Une seconde, rien qu'une, elle avait senti un aigre rayon de lumière verte lui transpercer les prunelles et maintenant la pourpre s'effaçait du ciel que le vert d'un bout à l'autre envahissait.

A la même seconde, le feuillage jusque-là immobile commençait à frémir, les brins d'herbe à se courber sous une brise née de la nuit.

Mais ce n'était pas la nuit encore. Le vert mangeait tout, sauf de minuscules nuages qui restaient d'un blanc de nacre, perdus les uns loin des autres dans un ciel trop vaste où ils ne se rejoindraient jamais.

Du même blanc, pur, effrayant, était le yacht traînant vers l'infini son bout de pavillon rouge qui allait descendre en même temps que le soleil.

Le jeune Kraus bougea, mal à l'aise. Herrmann toussa. Quant à Müller, on eût dit qu'il avait des yeux d'aigle et que, fixant le couchant, il défiait l'univers.

Le vert tournait au jaune. Le jaune, par endroits, se teintait de violet.

Et l'on revint au rouge, à un rouge nouveau, à un rouge de mica reflétant les flammes quiètes d'un poêle. L'air avait des frissons. Des senteurs nouvelles s'exhalaient de la terre. Arbres et feuilles n'étaient plus que du noir, mais du noir finement dentelé, dessiné à la pointe sèche sur un fond à peine plus clair.

— La voilà... soupira Kraus.

Une forme blanche apparaissait, une robe. C'était la comtesse qui gravissait le raidillon au bras de Nic. Ils avaient dû se retourner sans cesse pour contempler, eux aussi, cet abrutissant crépuscule.

Ils se retournaient une fois de plus. Les autres se taisaient pour ne pas trahir leur présence.

C'était la première fois qu'ils étaient réunis ainsi, au complet, et sans doute étaient-ils en proie au même accablement.

Nul n'y pouvait échapper. C'était trop fort pour les nerfs, pour les artères d'un homme. Une lutte gigantesque, lutte d'astres, lutte d'étoiles et de prismes, se jouait dans le ciel et ils n'en voyaient que des halos dont ils ne pouvaient comprendre les jeux.

N'eût-on pas dit que le yacht fuyait? On apercevait encore sa fumée. On devinait son sillage tandis que la froide lueur de la nuit achevait d'envahir l'îlot perdu dans l'océan.

Rita remua. Elle aurait voulu que quelqu'un parlât, rien que pour échapper à cet envoûtement.

Elle ne pensait à rien. Aucun danger ne la menaçait et pourtant jamais un tel désespoir ne l'avait pénétrée, un désespoir sans cause, sans forme, un désespoir semblable à cette lumière verte qui avait transpercé le ciel.

La comtesse se remit en marche. Elle passa à dix mètres du groupe, marqua un temps d'arrêt, et reprit sa route en disant à voix haute :

— Quand notre ami Bambridge reviendra la semaine prochaine...

Pourquoi cette phrase parut-elle sinistre? Pourquoi chacun comprit-il que le yacht ne reviendrait jamais et que l'île était sans doute ancrée pour de bon dans sa solitude?

La voix avait sonné faux. Celle de Müller ne fut pas plus rassurante quand il prononça en se levant :

— N'oubliez pas les jumelles, Rita!

Elle eut peur d'un cochon qui passait dans les broussailles et elle n'eût pas été étonnée de voir surgir devant elle, du chaos des arbres étranges, un être d'apocalypse.

Elle dut veiller toute la nuit Kraus qui délirait.

X

Les jours coulaient goutte à goutte. Depuis cinq ans, le cours du temps était scandé par un geste que Müller faisait chaque matin. A l'un des poteaux de la cabane était suspendu un calendrier que le *San Cristobal* apportait avec les provisions, et le professeur, d'un trait de crayon, pointait la date. Sinon, qui eût compté les jours et même les lunes?

Or, depuis quelque temps, Müller ne touchait plus au calendrier et Rita comprenait que c'était signe de quelque chose, mais n'osait poser de questions.

Elle n'osait pas non plus marquer la date sur le calendrier et elle usait de ruse, avec une crainte enfantine d'être prise en faute : chaque jour elle donnait un tout petit coup d'épingle dans un des chiffres et la trace, presque invisible, lui suffisait pour mesurer le temps.

Ce geste quotidien avait en outre créé entre elle et le calendrier un lien plus subtil. Édité en espagnol par un épicier de Quito, le calendrier était orné d'un chromo représentant des pirogues indiennes sur un rapide.

Rita, revoyant chaque matin ce dessin de près, finissait par en connaître les détails et cette hantise lui rappelait un autre chromo qui avait obsédé son enfance.

C'était un peu avant la guerre, dans la banlieue de Dantzig où elle était née. Au coin de la rue, il y avait une épicerie dont la porte, en s'ouvrant, déclenchait une sonnerie que Rita croyait encore entendre.

— Un bonbon à deux pfennigs, venait-elle demander, les doigts serrés sur la pièce de monnaie.

Un bonbon très acidulé, vert et rouge, qu'elle léchait ensuite une heure durant jusqu'à en avoir la langue crevassée !

Le chromo était dans cette boutique-là, à droite, et représentait deux têtes de jeunes filles : « la brune et la blonde ». Cela devait être une réclame pour une brasserie...

Depuis quelques semaines, Rita y pensait souvent. Des bouffées de souvenirs lui revenaient et elle s'en inquiétait.

Où avait-elle lu que c'est peu avant de mourir qu'un homme revoit avec le plus de netteté les détails de sa prime enfance ?

Or, de menus faits qu'elle croyait oubliés lui remontaient à la mémoire, comme le calendrier, l'odeur de cannelle et de bougie qui régnait dans la boutique, les pantoufles à fleurs du vieux commerçant qui vivait avec sa femme derrière son comptoir et qui devait y dormir.

Rita voulait penser à autre chose mais tout à coup une image s'imprimait sur sa rétine et elle ne pouvait plus la chasser, comme l'image de son père, qui était caissier de son métier, mais qu'elle revoyait dans son uniforme vert bouteille de la Landsturm.

Il avait de grosses moustaches rousses et, pendant la guerre, il écrivait des lettres de Liège où il gardait un hôpital et où il était mort de la grippe espagnole.

Rita se rappelait aussi une photographie de Müller en officier du service de santé, avec le grand dolman gris, le sabre...

Quel besoin avait-elle de remuer ces choses? Et à quoi pensait-il, lui, pendant les longues journées qu'ils passaient côte à côte? Il ne le disait jamais. Il ne travaillait même plus à son livre et, parfois, Rita se demandait si leurs pensées ne suivaient pas des cours parallèles.

Avec le caractère du professeur, il pouvait en être ainsi pendant des années sans qu'il en dît un mot. Qu'il eût quelque nostalgie de la vie allemande, ou que l'avenir l'inquiétât confusément, Rita n'en saurait jamais rien.

Il y avait déjà quatre mois que la comtesse et ses compagnons étaient arrivés dans l'île, plus d'une semaine que le dernier yacht était reparti après une brève escale.

Kraus couchait à nouveau chez les Herrmann, mais il arrivait certains jours, plus nerveux que jamais, en déclarant qu'il ne remettrait plus les pieds « là-haut ».

— La comtesse est tous les jours à cuisiner Maria pour qu'elle intervienne près de moi et que je me remette avec elle. Maria n'ose pas refuser. J'en ai assez de m'entendre répéter la même chose...

Il devenait injuste.

— Mme Herrmann a une âme de servante, déclarait-il.

Et un peu plus tard il pleurait en demandant pardon. On eût dit que la versatilité de la comtesse avait déteint sur lui. Il changeait sans cesse d'humeur et on ne savait plus comment le prendre.

Il avait aussi des mouvements de rage contre le professeur, surtout quand il avait eu la fièvre.

— Une belle science, qui ne peut pas guérir un homme! ricanait-il. Avouez que les médecins ne croient pas en eux-mêmes!

Il était méchant des heures durant puis, sans transition, il essayait de se faire pardonner par des attentions délicates. C'était rare qu'il prît un repas à la case sans rendre en échange de menus services. C'est ainsi qu'il avait réparé toute une partie du toit qui s'effondrait.

Quant aux sentiments de Müller à son égard, ils étaient difficiles à démêler. D'ailleurs Müller, lui aussi, avait insensiblement changé de caractère. Lui qui était si jaloux de sa personnalité, si orgueilleux de son isolement, recherchait la compagnie d'Herrmann ou de Kraus à qui, parfois, il parlait d'abondance.

Il y avait eu des crises de rage, là-haut, quand la comtesse avait vu le contenu des caisses, mais le lendemain elle avait expliqué à Maria que son ami Bambridge devait revenir très prochainement avec des provisions plus complètes. Elle n'aimait pas rester sur une défaite.

— Il voulait nous conduire aux fêtes de Lima, affirmait-elle. Moi, je ne veux pas quitter l'île, que je considère désormais comme ma vraie patrie. Le gouvernement de l'Équateur me l'a donnée et c'est un dépôt sacré.

Elle mentait de plus en plus. A mesure que la vie devenait plus pénible, elle éprouvait davantage le besoin de rêver à voix haute.

— Quand le Kronprinz sera au pouvoir, je vous obtiendrai des lettres de noblesse, car je tiens à créer à Floréana une aristocratie qui se perpétuera.

Maria ne disait rien, mais peut-être, sa grossesse approchant du terme, était-elle flattée à l'idée que son enfant serait noble.

La sécheresse continuait. Contrairement aux deux années précédentes, il n'y avait pas eu un seul orage pour rafraîchir le sol; les taureaux qu'on rencontrait étaient maigres et las. Chaque matin, Müller observait d'un œil anxieux le filet d'eau qui passait près de sa maison et, un jour, Rita, l'entendant grommeler, s'aperçut en s'approchant que l'eau ne coulait plus.

C'était l'heure de la visite d'Herrmann et, quand celui-ci arriva, il trouva le professeur agité.

— Que se passe-t-il là-haut? lui demanda Müller à brûle-pourpoint.

— Que voulez-vous dire?

— Qui est-ce qui a tripoté cette nuit avec l'eau? Ne mentez pas. La source ne peut pas s'être tarie du jour au lendemain...

— J'allais justement vous en parler... Cette nuit, j'ai entendu du bruit et je me suis levé... Vous savez, n'est-ce pas, que la comtesse avait très peu de réserve d'eau de pluie... Ma femme lui a dit l'autre jour que le ruisseau ne tarderait pas à être à sec... Cette nuit, avec Nic, elle a travaillé à remplir ses barriques...

— Venez avec moi.

Ce n'était plus Müller le philosophe. Il avait le même air buté qu'un paysan qui va faire une réclamation au châtelain du village. Chemin faisant, il ne desserra pas les dents et il passa près de Jef sans le remarquer.

Il n'entra pas chez la comtesse, mais se dirigea vers la source qui recommençait seulement à fournir un peu d'eau.

On devait l'observer de la véranda. Herrmann le suivait, balourd. Lui allait et venait comme un enquêteur et il pénétra dans le jardin pour s'assurer du contenu des barils.

Alors seulement il gravit les quelques marches de la maison et se trouva devant la comtesse qui venait au-devant de lui, souriante.

— Quelle bonne surprise, professeur!... Excusez-moi de vous recevoir en ce négligé...

Nic se rasait dans la pièce suivante, où on le voyait debout devant un miroir.

— Il n'y a pas de surprise et il ne s'agit pas de me recevoir. Il s'agit de l'eau.

— Quelle eau? s'étonna-t-elle.

— De l'eau que vous nous avez prise cette nuit.

Elle essaya de rire.

— Vous m'accusez d'avoir volé de l'eau?

— Exactement. La source nous appartient à tous. Son débit diminue de jour en jour; il est injuste qu'une seule personne en profite pour faire des provisions.

— C'est Herrmann qui nous a espionnés?

On en était là! Les mots vol, propriété, espionnage à propos d'un peu d'eau!

— Vous entendez, Nic?

Nic se montra, essuyant le savon de ses joues à l'aide d'une serviette douteuse.

— Qu'est-ce que c'est?

— On veut nous interdire de prendre de l'eau!

— Pardon! Je n'ai pas dit cela. Chacun a le

droit d'en prendre chaque jour pour ses besoins, jusqu'au moment où il n'y en aura plus.

— Et qu'arrivera-t-il alors?

Müller haussa les épaules.

— Vous ne répondez pas, n'est-ce pas? s'emporta la comtesse. Or, vous savez très bien ce qui arrivera. Vous avez, vous et les Herrmann, des réserves d'eau de pluie, car vous étiez dans l'île avant nous. Vous pourrez donc attendre de nouveaux orages. Mais nous? Avouez que c'est ce que vous voulez! Nous vous gênons. Vous voudriez nous voir ailleurs et vous ne reculez devant rien...

Herrmann regardait dehors, Nic se versait du whisky sans penser à en offrir.

— Je vous répète, madame, disait Müller sans se laisser démonter, que vous ne prendrez plus d'eau en dehors de vos besoins quotidiens. La question de vie ou de mort se pose pour tout le monde. Tant pis si vous avez gaspillé vos provisions.

— Vous allez peut-être appeler la police?

— Non, madame, mais je vais faire ma police moi-même.

— Je voudrais vous voir monter la garde près du ruisseau.

— Vous le verrez.

— C'est la guerre?

— Ce sera comme vous le voudrez.

Et il partit, suivi d'Herrmann qui esquissa un

salut maladroit. C'était la première fois qu'on le voyait ainsi.

— Si cela devient nécessaire, nous prendrons la garde tour à tour, décida-t-il. Tout le monde ne peut pâtir de leurs folies.

Il se passionnait à la question. L'après-midi, il revint au ruisseau et plaça des repères pour s'assurer qu'on ne ferait pas de nouveaux prélèvements.

Il rencontra Kraus, qui était comme fou.

— C'est vrai que nous risquons de mourir de soif?

— Qui a dit cela?

— Mme Herrmann a pleuré toute la matinée. La comtesse est venue la voir et a affirmé que dans huit jours il n'y aurait plus une goutte d'eau dans l'île.

— C'est exagéré.

— Pour combien de temps en avons-nous?

On en parlait comme d'une catastrophe, avec des regards tragiques.

— Je ne sais pas... Peut-être pour quelques semaines...

— Le *San Cristobal* arrive bien dans cinq semaines?

— Normalement.

— Que voulez-vous dire?

— Que deux fois en cinq ans il a manqué un de ses voyages... Il est obligé de venir une fois par an, mais la seconde fois est facultative et dépend du travail à Guayaquil...

Kraus éclata d'un rire crispé.

— Ce serait magnifique! cria-t-il, désespéré d'avance. Alors, nous crèverons tous ici et, au prochain passage, on ne trouvera que des squelettes!

Sa chemise déchirée laissait voir une poitrine déjà parvenue à l'état squelettique et ses yeux étaient si cernés qu'on détournait malgré soi le regard. Sa voix était changée, aussi, devenue plus basse, plus profonde, en désharmonie avec son âge.

— Il y aura peut-être un orage, prononça Müller sans conviction.

Pourquoi n'essayait-il pas de le rassurer? Bien qu'il n'existât pas de hiérarchie dans l'île, il en était le personnage central et chacun croirait en sa parole.

Au lieu de cela, on eût dit parfois qu'il avait un malin plaisir à augmenter la panique. C'était par des attitudes, par des silences plutôt que par des mots.

A regarder les choses en face, la situation n'avait rien d'effrayant. Certes, la saison sèche semblait devoir être plus longue que de coutume. Mais Müller, comme les Herrmann, avait des provisions d'eau de pluie. En les ménageant, on pouvait vivre des semaines, voire des mois.

Enfin, il n'y avait aucune raison précise de

croire que le *San Cristobal* ne viendrait pas avec des vivres frais.

Personne n'aurait pu dire, en somme, comment était née cette angoisse qui s'inscrivait chaque jour plus profondément sur les visages. Cela avait commencé par le malaise vague qui s'était affirmé quand le hasard avait réuni tous les habitants devant le coucher de soleil.

Mais ce coucher de soleil lui-même n'avait rien d'extraordinaire. Cent fois, il y en avait eu d'aussi solennels et d'aussi impressionnants.

Était-ce alors le fait qu'ils étaient tous ensemble à le regarder, surtout à regarder, comme un symbole, le yacht qui s'éloignait?

Kraus était malade, mais Müller était persuadé qu'il vivrait jusqu'à l'arrivée de la goélette.

Pourtant il ne le lui disait pas nettement. Il haussait les épaules. Il assistait à ses frayeurs sans rien faire pour les dissiper.

La comtesse se morfondait, là-haut, dans une solitude qui devenait de plus en plus désespérée, mais lui avait-on jamais donné des conseils? Avait-on essayé de l'aider, ou de la détourner de son projet?

Fallait-il croire que tous, tant qu'ils étaient, devenaient soudain méchants? Müller en arrivait à regarder Rita avec impatience et une scène ridicule éclata parce qu'elle avait mal cuit deux œufs, une vraie scène de ménage, avec des reproches.

— Tu n'as jamais été capable des quelques travaux que toute femme doit pouvoir assumer!

Rita avait pleuré. Ils en étaient à ce degré de nervosité, d'inquiétude inavouée. Sur le papier où il jetait parfois des notes au sujet de la comtesse, Müller avait écrit : *Toute entreprise de ce genre est vouée à la faillite.*

Croyait-il encore à son entreprise à lui, à son rêve de solitude et de pureté philosophique? Un détail frappa vivement Rita et contribua plus que le reste à la décourager. Un soir, on mangeait chez les Herrmann, car tout portait à croire que l'accouchement aurait lieu dans la nuit. Jef avait tué des pigeons et Maria, vaillante malgré son état, avait comme d'habitude fait les parts dans les assiettes.

Elle oubliait que le professeur s'interdisait de manger de la viande. Rita faillit intervenir mais, au même moment, elle vit Müller qui commençait à manger comme si de rien n'était.

Elle fut tellement sidérée qu'il s'en aperçut, la regarda froidement et esquissa un sourire cynique qui devait rester dans la mémoire de la jeune femme.

Qu'avait-il voulu dire? Qu'il se résignait? Qu'elle avait été dupe? Qu'ils s'étaient trompés l'un et l'autre? Ou simplement enfreignait-il sa règle par égard pour les Herrmann?

Leurs hôtes ne remarquèrent rien et, comme on s'y attendait, les douleurs commencèrent vers dix heures. On envoya coucher Jef et Kraus dans la cabane des Müller. De loin, on voyait de la lumière chez la comtesse et on entendait l'écho du phonographe.

Le couple, là-bas, savait que le professeur était chez les Herrmann. C'est pourquoi sans doute il faisait de la musique, ce qui n'était pas arrivé depuis plusieurs semaines. Rita perçut le bruit d'une bouteille de champagne qu'on débouche et reconnut la voix de la comtesse qui chantait.

La nuit était sereine. Une faible brise froissait les unes contre les autres les palmes des cocotiers. Sur son lit, Maria gémissait si étrangement qu'on eût dit qu'elle ne souffrait pas, qu'elle geignait par habitude. Son mari s'était assis dehors, avec Müller.

Un autre détail étonna. Depuis qu'il était dans l'île, Herrmann ne fumait plus, par raison de santé autant que par conviction. Or, il avait sorti de quelque part une vieille pipe et, déchirant des cigarettes laissées par la comtesse, il l'avait bourrée et fumait.

Les disques succédaient aux disques, aussi bruyants les uns que les autres, évocateurs d'un Paris et d'un Berlin lointains. La comtesse tonitruait les refrains et Nic grattait sa guitare.

— Je me demande s'il sera normal, murmura très bas Herrmann, entre deux bouffées de tabac, à Müller assis près de lui.

Il pensait à l'enfant qui allait naître et qui ressemblerait peut-être à son frère.

— Sa mère est saine et vigoureuse. Je n'ai jamais été malade...

Müller aurait voulu le faire taire. C'était aussi énervant que la musique, que les gémissements de l'accouchée. La lampe à pétrole éclairait mal, donnait une idée de pauvreté, faisait penser à un accouchement dans quelque bicoque sordide de campagne. Un vieux broc, une bassine, des linges déchirés achevaient d'évoquer la misère du monde.

— Je crois que ça commence... fit Herrmann en sursautant. Je me souviens de la première fois. J'avais le meilleur docteur de la ville, car c'était un de nos professeurs et il avait accepté d'accoucher ma femme pour rien...

Il écoutait, puis parlait pour tromper son impatience. On entendait les pas de Rita qui allait et venait autour du lit. Un grand feu était allumé, afin d'avoir toujours de l'eau bouillante, et l'odeur de bois brûlé se mêlait à l'odeur de la nuit.

Alors qu'il regardait le ciel, Herrmann eut une phrase si saugrenue que le professeur en resta un moment rêveur.

— Savez-vous que depuis le temps que je suis ici je n'ai pas encore vu la Croix du Sud? J'aurais voulu vous demander de me la désigner, mais je n'ai jamais osé...

Elle n'était pas encore levée et on ne devait

l'apercevoir à l'horizon que vers deux heures du matin. Par contre, une poussière d'étoiles barrait le ciel d'une traînée lumineuse et on avait l'impression que jamais les astres n'avaient été aussi nombreux.

— J'aurais aimé avoir un livre d'astronomie pour chercher, le soir, à reconnaître les astres. Je demanderai au *San Cristobal* de m'en apporter un à son prochain voyage...

Un cri l'interrompit, déchirant, et l'instant d'après on entendait à nouveau le phonographe, tandis que Müller pénétrait dans la case dont il refermait la porte.

Il n'y avait plus qu'Herrmann dehors, tout seul, anxieux, se levant et se rasseyant, laissant éteindre sa pipe et frottant un tison pour la rallumer.

Des rais de lumière passaient entre les bambous des cloisons; un trait plus épais se dessinait sous la porte.

Et toujours, au-dessus de la tête, ces astres immobiles...

Comment Herrmann pouvait-il tout percevoir de la sorte? Un craquement frappa son oreille et il écouta, devina que cela venait du côté de la source, entendit le bruit de l'eau dans un récipient de métal.

Alors, un instant, il oublia le reste, fronça les sourcils, se précipita dans cette direction.

Il devait passer devant la maison de la comtesse. La véranda était éclairée. Un disque tournait. Mais, plus loin, on marchait et Nic revenait de la source en portant dcux grandes touques de liquide.

Herrmann était sur son passage. Le Juif, sans se troubler, le regarda dans les yeux et continua sa route jusqu'à la maison, tandis que le mari de Maria restait stupéfait de se trouver là et, entendant un nouveau cri, courait vers sa case.

Il le dirait à Müller le lendemain! Cela ne pressait pas. Il n'aurait même pas dû penser à autre chose qu'à sa femme qui accouchait.

— Ce n'est pas fini? cria-t-il à travers la porte.

On ne lui répondit pas et une longue demi-heure s'écoula, toujours avec cet énervant fond de musique que les autres entretenaient pour les mettre en rage.

Il était deux heures du matin pour le moins quand la porte s'ouvrit et que Müller parut, calme, indifférent.

— Eh bien, professeur?

— Une fille... Rita va passer la nuit ici pour le cas où on aurait besoin d'elle...

Quant à lui, il s'en allait déjà à petits pas vers sa case où Jef et Kraus dormaient côte à côte. Comme par hasard, tout le long du chemin, il eut sous les yeux la fameuse Croix du Sud qu'Herrmann n'avait jamais vue et, peut-être à cause de cela, il esquissa plusieurs fois un sourire énigmatique.

Une fade odeur d'accouchement le poursuivait.

Il n'avait même pas regardé l'enfant que Rita s'était chargée de laver et qu'il avait vu vaguement, informe et laid.

A son entrée, Kraus se dressa sur sa couche et haleta en reprenant son souffle :

— Vous m'avez fait peur !

— Couche-toi.

— Je rêvais quelque chose, je ne sais plus quoi... Ah! oui... Est-ce que Mme Herrmann a accouché?

— Une fille... C'est fini... Dors...

Quant à lui, il s'assit dans son fauteuil et c'est là qu'il s'assoupit un peu avant le lever du jour.

XI

Que ce fût un soulagement pour tous de voir enfin la source se tarir, cela démontre à quel point la question de l'eau était devenue lancinante.

A ce propos, Rita évoquait une vision de guerre qui l'avait frappée plus que les autres. C'était au moment où l'Allemagne manquait de vivres. Les provisions, dans les maisons, étaient de plus en plus rares et il fallait les protéger contre les rôdeurs.

Or, un matin, Rita avait surpris un homme qui passait par une lucarne étroite pour pénétrer dans le grenier et y voler des morceaux de sucre. Cet homme, c'était son grand-père, un ancien capitaine, toujours raide et digne, qui s'était fait la tête de Bismarck.

Bismarck volant des morceaux de sucre! C'est ainsi que l'anecdote s'était classée dans sa mémoire.

Herrmann, lui, s'en allait, hargneux, la démarche indécise et ses pas le conduisaient toujours aux alentours du ruisseau où il se cachait, restait tapi des heures, à guetter l'arrivée de Nic ou de la comtesse.

Arrivait-il à la case :

— Je ne les ai pas surpris, mais j'ai relevé des traces de pas, se hâtait-il d'annoncer.

Müller n'en riait pas, non! Bien mieux! Il fronçait ses sourcils broussailleux et, quand il allait soigner Maria, il en profitait pour rôder, lui aussi, autour de la source où il plaçait des repères constitués par des petits morceaux de bois.

De l'eau, pourtant, il n'y en avait plus qu'un filet dérisoire. Mais justement, ce filet, ils voulaient l'un comme l'autre le conserver jusqu'au bout à la communauté.

La comtesse était venue un matin voir Maria et son bébé et, au moment de partir, elle s'était ravisée.

— A propos, ma bonne Maria...

Elle hésitait. Dès qu'on touchait à la question de l'eau, chacun perdait sa simplicité et sa franchise.

— Vous devriez dire aux hommes de faire attention... Ils sont toujours à nous espionner et Nic s'énerve... Il a un caractère assez violent et je vous préviens qu'il porte toujours un revolver sur lui...

Maria répéta ces paroles devant Kraus, qui était dans une de ses périodes d'emportement et qui s'écria :

— Qu'on me donne seulement une arme et je débarrassc l'île de cette crapule!

Deux jours après, le lit du ruisseau était à sec et la question ne se posait plus de la même façon.

Pourquoi Müller n'était-il pas plus franc avec Rita? Et pourquoi celle-ci rusait-elle de son côté? Peut-être parce que tant qu'ils portaient certaines idées en eux sans les avoir extériorisées, ces idées leur paraissaient moins graves, moins vraies, moins officielles.

Pendant plusieurs jours, par exemple, Rita vit que le professeur s'approchait du calendrier avec la fausse désinvolture du grand-père aux morceaux de sucre. Comme il avait cessé depuis longtemps de marquer les jours, il lui était impossible de déterminer la date, à moins qu'il eût aperçu les coups d'épingle de Rita.

Aussitôt après cette visite au calendrier, il avait maintenant l'habitude de gagner à petits pas l'endroit d'où l'on découvrait la baie.

Un matin, comme il revenait, le front grave, Rita lui dit en essayant de donner de la légèreté à son accent.

— Il a déjà six jours de retard.

— Qui?

— Le *San Cristobal,* vous le savez bien.

— Comment pouvez-vous compter les jours puisque...

Elle l'attira vers le calendrier, lui montra du doigt les coups d'épingle. On eût dit qu'il ne savait s'il devait rire ou se fâcher. Il restait en arrêt devant les chiffres qui se suivaient par séries de sept, puis devant le chromo aux pirogues.

— Alors, il ne viendra pas, finit-il par articuler.

Ce fut dit avec un détachement qui ne semblait pas feint. Peut-être même, comme pour l'eau, fut-ce un soulagement de n'avoir plus à attendre.

A vrai dire, Müller et Rita n'espéraient rien du *San Cristobal.* Ils avaient l'habitude de vivre des ressources de l'île, c'est-à-dire sur la basse-cour et le jardin et ils étaient capables de faire durer deux ou trois mois encore leur réserve d'eau.

Les Herrmann devaient être dans le même cas, car ce n'était pas la première année qu'ils passaient à Floréana.

Mais là-haut? Mais les autres?

Le jour où Müller avait dit que la goélette ne viendrait pas n'était pas écoulé, qu'il voyait surgir un Kraus surexcité.

— Il faut que vous me rédigiez un avis en anglais, pour afficher à Black Bay Anchorage, dit-il. Ecrivez qu'un jeune Allemand supplie le premier bateau qui passera de l'embarquer et de le déposer n'importe où.

Müller s'assit docilement à sa table de travail et écrivit sans conviction. Il y avait bien un poteau sur la plage, près de la cabane abandonnée. C'est là qu'on affichait un avis à l'occasion, avec l'espoir que des pêcheurs débarqueraient, ou un yacht. Mais ce n'était pas la saison des yachts et seul un pêcheur d'une des îles, un homme comme Larsen, pourrait faire relâche à Floréana.

— Qu'est-ce que vous croyez que nous allons devenir? questionnait Kraus en agitant son papier pour faire sécher l'encre.

— Rien du tout.

— Comment, rien du tout?

— Je dis qu'il n'y a rien de changé.

— On voit que vous ne savez pas dans quel état ils sont, là-haut. La comtesse est arrivée à me rejoindre dans les bois. Elle a pleuré. Elle m'a supplié de revenir auprès d'elle en jurant qu'autrement elle ne tarderait pas à mourir. Il paraît qu'ils n'ont plus de vivres, ou presque, et qu'ils vident goulûment leurs dernières bouteilles de whisky... A un moment donné, elle s'est jetée par terre et a voulu m'embrasser les genoux... Je vous dis, moi, que nous y passerons tous!...

Il courut vers la plage pour afficher son avis.

La vie, certes, était devenue difficile car, avec la longue sécheresse, se déclarait chez chacun une anémie qui rendait les mouvements pénibles.

Les vivres frais manquaient. A part les noix de coco, on ne pouvait compter que sur les provisions faites à la bonne saison; les poules amaigries ne pondaient plus et, enfin, il fallait regarder à un verre d'eau, se contenter d'une toilette sommaire.

Le matin, on se réveillait courbaturé, plus las

qu'en se couchant. La chaleur accablait au point que, certains jours, Herrmann hésitait à marcher une heure pour rendre visite au professeur.

Maria, pourtant, était debout, plus pâle, un peu fondue, mais vaillante, la seule même à l'être autant et à vaquer comme d'habitude à ses occupations. Seulement, chaque visite de la comtesse la laissait moins optimiste.

— Avant quinze jours elle sera tout à fait folle, confia-t-elle à son mari, qui le répéta à Müller.

Elle avait déjà un tic nerveux! Comme il ne lui restait plus de cigarettes, elle passait à chaque instant la langue sur ses lèvres, qu'elle mordillait.

Son regard était devenu vague et fuyant, car elle vivait dans une demi-ivresse perpétuelle. Pourtant, elle ne maigrissait pas. Son visage, au contraire, avait tendance à s'empâter, mais il avait pris une teinte lunaire.

— Moi qui étais venue ici pour faire l'amour! lança-t-elle une fois avec un rire sinistre. Tu t'imagines, Maria? Nic ne me parle même plus, ou alors c'est pour m'adresser des reproches et m'accuser de l'avoir attiré dans cet enfer...

Ils avaient quelques touques d'eau quand même, celles qu'ils avaient volées et qui avaient failli provoquer un drame. Mais que leur restait-il comme vivres? La comtesse n'en parlait jamais. Cependant, plusieurs fois, Maria crut surprendre un éclair dans son regard quand, par exemple, elle la regardait éplucher des pommes de terre.

En attendant qu'on répondît à son appel, Kraus qui avait besoin d'action comme on a besoin de nourriture, s'était mis en tête de construire une pirogue, à la grande joie de Jef qui l'aidait dans ce travail. Il avait donc dépouillé un tronc d'arbre de cinq mètres de long, le creusait, essayant tous les systèmes, brûlant le bois à l'intérieur comme il l'avait vu sur des gravures anciennes.

Le résultat était encore informe et jamais sans doute cet esquif ne passerait sur la barre de coraux sans chavirer.

Mais peut-être Kraus n'avait-il besoin que de s'empêcher de penser? Quand il était seul avec lui-même, il retombait dans des transes ou dans des colères dont aucune parole ensuite ne pouvait le tirer.

De tous, Herrmann était le plus calme. Il s'était remis à fumer la pipe, et sa distraction, pendant quelques jours, étant donné l'absence totale de tabac, fut d'essayer les diverses sortes de plantes qui pourraient se fumer. Il s'était décidé enfin pour la bourre de coco et, comme sa femme se plaignait de l'odeur, il répondit que cela coupait sa soif et son appétit.

Il fut trois jours sans descendre chez Müller, par paresse, puis il y retourna, eut l'impression que le savant était de plus en plus nerveux, et ne cacha pas son opinion à sa femme, en rentrant.

— Le professeur change de jour en jour. Cela ne m'étonnerait pas qu'il soit malade. Ou alors, il y a quelque chose qui le ronge. Il m'a questionné sur tout le monde comme s'il faisait un inventaire.

C'était vrai. Sardonique, Müller demandait :

— Et Nic?

— On ne le voit plus. Il paraît qu'il a le cou plein de furoncles...

— Et la comtesse?

— Elle vient le matin pour se lamenter, quand je n'y suis pas.

— Et Maria?

— Elle se maintient. Quant à la petite, elle est superbe.

C'était sans doute le secret de la quiétude d'Herrmann. Il avait une enfant normale, qu'aucune tare ne semblait guetter!

— Et Jef?

— Il travaille toute la journée à la pirogue. Le soir, il est moins fatigué que Kraus. Vous croyez que Kraus partira vraiment dans un bateau pareil?

Le professeur répondit par un geste évasif et par une ombre de sourire. Cela lui arrivait tout le temps. On aurait dit qu'il savait tout, mais qu'il avait juré de se taire. C'était crispant au point de lasser le timide Herrmann lui-même.

Quant à Rita, elle n'avait pas de chance. Elle s'était tordu une jambe en gravissant le raidillon et, après trois jours d'immobilité, elle ne marchait qu'avec deux cannes. Elle avait demandé à Müller de la masser et il avait répondu :

— Cela ne sert à rien.

Pourtant elle sentait, elle, que cela lui aurait fait du bien. Etait-ce par veulerie qu'il refusait? Par indifférence? Par fatalisme?

Un jour, il fit tomber, d'un geste malencontreux, les feuillets de son livre et, comme Rita se précipitait pour les ramasser, il l'en empêcha.

— Laissez, dit-il. Le hasard est plus malin que nous.

Il ne les avait pas ramassés non plus. Il exigeait que les papiers restassent épars dans la cabane et Rita faisait l'impossible pour ne pas marcher dessus.

Il dormait de moins en moins, elle le savait, car la douleur de son entorse l'empêchait, elle, de dormir : elle entendait sa respiration qui n'était pas régulière et, aussi, le sentait penser.

Mais que pensait-il? Et pourquoi ne lui disait-il rien? Elle crut, comme Herrmann, qu'il était malade et l'épia, guettant ses moindres mouvements, sans rien découvrir d'anormal.

Quelquefois des animaux venaient rôder près de la maison, comme s'ils eussent senti que là il y avait de l'eau. Ils étaient maigres et pitoyables. On vit entre autres un âne aux côtes en cerceau qui arracha des larmes à Rita tant son regard exprimait de détresse.

— Si je lui donnais à boire? proposa-t-elle, timide.

A son grand étonnement, Müller accepta.

C'était une folie. S'ils se mettaient en tête d'abreuver les animaux de l'île, c'était eux qu'ils condamneraient à mourir de soif.

Enfin, il y avait les rêves auxquels Rita voulait ne pas penser pendant la journée. Est-ce que les autres étaient hantés par les mêmes cauchemars? Le soir, elle hésitait à fermer les yeux. Dans son demi-sommeil déjà, des fantômes l'assaillaient, qui mêlaient toujours des personnages de son enfance à sa vie d'aujourd'hui.

C'est ainsi que son grand-père et Müller se confondaient, alors qu'il n'y avait aucun trait de ressemblance entre eux. Elle leur voyait le même regard malicieux, quasi diabolique, et toujours l'attitude du grand-père quand il avait été surpris volant du sucre.

Müller ne volait rien. Au contraire. C'était lui qui buvait le moins d'eau, mangeait le moins. Sans doute était-ce pour éviter l'appétit et la soif qu'il circulait si rarement, passant des journées entières dans son fauteuil.

Chacun pensait : « Un mois... »

C'était le maximum que pût durer la saison sèche, et un beau jour le ciel se couvrirait de nuages qui crèveraient en belle et bonne eau fraîche.

Un soir, très tard, alors que Müller et Rita allaient se coucher, on vit arriver un Kraus plus étrange que de coutume.

— Vous me faites une petite place? questionna-t-il en montrant le coin où il avait déjà dormi. Il faut d'abord que je vous parle. Je ne sais pas ce qui se passe...

Il était assez calme, mais il avait de la peine à fixer ses idées.

— Je sais que vous alliez vous coucher. N'empêche qu'il est nécessaire que vous m'entendiez d'abord.

Par économie, on avait éteint la lampe et la conversation se poursuivit dans le reflet pâle de la nuit. On entendait, tout proche, le halètement d'un taureau sauvage qui rôdait depuis trois jours autour de la maison et qui, parfois, comme pour attirer l'attention sur sa misère, heurtait la palissade de ses cornes.

— Cet après-midi, je travaillais à ma pirogue, à cinq cents mètres de chez Herrmann. Le père Herrmann était venu regarder mon travail et Jef me donnait un coup de main.

Rita, qui, à force de marcher avec des cannes, avait les reins endoloris, s'étendit sur son lit.

— La comtesse est arrivée chez Maria en fredonnant et s'est écriée dès la porte :

« — Kraus n'est pas ici?

« Or, elle savait que je n'y étais pas, puisqu'elle entendait le bruit que nous faisions autour de la pirogue.

« — Ma petite Maria, a continué la comtesse, qui essayait de se montrer gaie, je voulais lui annoncer une bonne nouvelle. Demain, le yacht de mon ami Paterson vient nous prendre. Nous partons, Nic et moi. Nous allons faire une longue randonnée dans les mers du Sud. Ce que je veux, c'est que vous disiez à Kraus que je ne l'oublie pas et que, quand je reviendrai, tout sera arrangé pour que nous ayons une vie heureuse... »

De surprise, Rita s'était soulevée sur le lit et essayait de distinguer dans la pénombre les traits de Kraus. Quant à Müller, il se taisait, et il régna un assez long silence.

— Voilà pourquoi je suis venu vous trouver, reprit enfin le jeune homme. Elle veut partir et me laisser seul ici. Je suis sûr qu'elle ne reviendra jamais. Qu'est-ce que je dois faire? Ou alors, j'y ai pensé, elle a seulement essayé de m'attirer dans la maison... Vous comprenez?

Müller se leva, marcha de long en large, le torse nu, vêtu de son pantalon de pyjama. Chaque fois qu'il passait devant la baie, sa silhouette auréolée de longs cheveux se découpait sur un fond argenté.

— Elle me doit l'argent du retour et vous savez qu'elle refuse de me le donner... Je voudrais un conseil... C'est moi qui, ici, ai fait tout le travail...

Deux ou trois fois Müller se campa devant lui et le regarda dans les yeux.

— Comment la comtesse peut-elle savoir qu'un yacht viendra demain? questionna-t-il.

La T.S.F. n'existait pas dans l'île. La comtesse

n'aurait pu recevoir un message que par une embarcation et quelqu'un aurait aperçu celle-ci.

— Tu es sûr qu'elle a raconté cela à Maria?

— Je le jure sur la tête de ma sœur.

Il était sincère, à en juger par son accent et par sa perplexité.

— Quand Paterson est parti, a-t-il annoncé qu'il reviendrait et a-t-il fixé une date?

— Il n'en a pas parlé. Il se dirigeait vers le Sud et il était question de franchir le détroit de Magellan et de remonter par l'Atlantique.

— Curieux... soupira Müller.

— Kraus a peut-être raison, risqua Rita. La comtesse a voulu l'attirer chez elle pour essayer de le garder. Elle a inventé cette histoire en pensant qu'il s'y laisserait prendre...

— Je me suis bien gardé d'y aller, riposta Kraus très ému, car je sais Nic capable de me tuer!

Toutes ces paroles devaient leur revenir mot à mot à la mémoire, comme la phrase de Kraus quand, dix jours avant, il avait déclaré :

— Prêtez-moi une arme et je débarrasse l'île de cette crapule...

Pourquoi, soudain, le mot *tuer* était-il revenu si souvent? Quel était ce vertige, ou ce pressentiment?

Chez Herrmann aussi, on parlait de la visite de la comtesse et de ses paroles. Mais là, on se montrait plus inquiet, car Kraus était parti sans dire où il allait et on pouvait supposer qu'il était chez la comtesse.

Or, par hasard, ce soir-là, la fête recommençait, comme la nuit de l'accouchement. Le phonographe marchait sans répit. On vit vers minuit des feux de Bengale se succéder puis des chandelles romaines, et on devinait le choc des verres et des bouteilles, la voix avinée de la comtesse.

— Tu crois qu'il est allé les retrouver? chuchotait Maria à demi endormie. Et tu penses vraiment que le yacht viendra?

Herrmann n'y comprenait plus rien, ne trouvait pas le sommeil. A certain moment, il annonça :

— Je vais voir...

— Je te le défends, intervint sa femme, qui le força à se recoucher.

Müller, après s'être étendu sur son lit, dut être assailli par une pensée étrange car il se releva sans bruit et alla s'asseoir dans son fauteuil, face à Kraus endormi.

Craignait-il de le voir s'enfuir? En tout cas, il évita de fermer les yeux et plusieurs fois le regard de Rita croisa le sien, qu'elle trouva toujours attentif et réfléchi.

Herrmann devait déclarer par la suite que la musique, en face, avait duré jusqu'à deux heures du matin et qu'à ce moment la voix de la comtesse, qui était venue chanter jusque sous ses fenêtres, révélait une ivresse avancée.

Quant à Kraus il se réveilla vers cinq heures et

sursauta en trouvant le docteur assis devant lui, parfaitement éveillé.

— Vous n'avez pas dormi? questionna-t-il.

— C'était préférable, répliqua Müller, plus énigmatique que jamais.

Pourquoi était-ce préférable? Quelle idée avait-il derrière la tête? Kraus en était confus et balbutia :

— Je vais voir si le yacht est là.

Le professeur sortit derrière lui, tandis que Rita traînait dans son lit et, quand ils arrivèrent à l'endroit d'où on découvrait la baie, ils aperçurent l'eau plate et irisée, mais sans un bateau, sans un canot.

Kraus éclata d'un rire nerveux.

— Elle a menti! s'écria-t-il. Je me doutais bien qu'elle mentait. Elle ment toujours!... Chacune de ses paroles est un mensonge...

Sans se soucier de son compagnon, il s'éloigna à grands pas dans la direction de la montagne. Müller faillit le suivre, puis il haussa les épaules et s'assit sur le tertre, non loin d'un petit cochon mort et resta là, les yeux fixés sur le cadavre.

Herrmann était sur son seuil quand Kraus passa, marchant toujours comme un homme qui sait où il va et qui refuse de se laisser arrêter par les obstacles.

Kraus lui cria de loin, en faisant un geste de la main :

— Il n'y a pas de yacht!...

L'instant d'après, il disparaissait derrière les arbres qui cachaient la maison de la comtesse. Maria vint sur le seuil, demanda à son mari :

— Où est-il?

— Là-bas.

— Quel enfant!

Jef, tout seul, taillait dans le bois de la pirogue, car il s'était pris de passion pour ce travail.

La matinée était chaude. On aurait cru un orage proche si on n'avait su que c'était impossible à cette saison. Herrmann, fumant sa bourre de coco, tendait l'oreille aux bruits de l'île. Dans l'ombre de la case, Maria donnait le sein à son enfant qu'elle avait baptisée Floréana.

— Il ne revient pas encore? cria-t-elle.

— Je ne vois rien.

— Il y a au moins une heure qu'il est là-bas...

Il y en eut deux, puis trois. Vers midi, Rita parut et demanda si Mme Herrmann n'avait pas besoin d'elle.

— Kraus n'est pas ici? questionna-t-elle aussitôt après.

— Il est toujours en face.

— Depuis longtemps?

— Depuis ce matin.

Et Herrmann se levait, mal à l'aise, quand ils virent Kraus surgir tout près d'eux, le visage congestionné, les yeux brillants, le souffle court.

— Ils sont partis, hurla-t-il. La maison est vide.

J'ai couru jusqu'à la plage pour voir s'il n'y avait pas de traces. Je n'ai rien trouvé...

Il fut secoué par une quinte de toux violente, comme il n'en avait, d'après Mme Herrmann qui le connaissait bien, qu'après avoir fait de violents efforts.

Autour de lui, tout le monde se taisait.

XII

Comme après la plus bourgeoise des morts, l'émotion céda la place à des préoccupations matérielles. Herrmann qui, toute sa vie, avait été du côté de l'ordre et de la police, ne pouvait s'empêcher de regarder Kraus avec méfiance et c'est lui qui décida :

— Il faut avertir le professeur.

Pourquoi le professeur? Il n'était pas plus qualifié qu'un autre pour constater l'absence de la comtesse et de son compagnon. Au surplus, il n'y avait rien à constater. Ils étaient trois groupes de gens libres, sur une terre libre!

Pourtant, malgré eux, ils se conduisaient comme s'ils eussent constitué un village et tout le monde descendit chez Müller, y compris Mme Herrmann qui avait peur de rester chez elle; tout le monde dévalait la pente à la queue leu leu avec l'air de courir au-devant du gendarme.

Le professeur les regarda venir de ses petits yeux aigus et se balança dans son fauteuil.

— Ils sont partis, haleta Herrmann qui croyait de son devoir de prendre la parole. C'est-à-dire que Kraus l'affirme. Il faudra peut-être que vous veniez avec nous...

— Voir quoi?

Herrmann ne comprit pas la question.

— Voir la maison. Voir s'ils sont vraiment partis! Peut-être ont-ils laissé des traces?...

— Et après?

— J'exige qu'on vienne, s'écria Kraus à nouveau excité. Je sens que vous me soupçonnez. Il est indispensable que vous vous rendiez compte par vous-mêmes...

Rien ne put décider Müller, qui était redevenu aussi calme qu'autrefois. Il écoutait à peine, de très haut, les bavardages. Herrmann ne savait plus que penser car il avait imaginé que les choses se passeraient autrement, avec une enquête, des discussions, une sorte de tribunal réduit.

Il aurait voulu emmener le professeur à l'écart, mais Müller ne semblait rien comprendre à ses gestes et ce ne fut qu'au moment de partir qu'Herrmann revint vivement sur ses pas.

— Croyez-vous que Kraus les ait tués? questionna-t-il alors.

Et le professeur de répliquer :

— Qu'est-ce que cela peut vous faire?

Il aurait pu aller là-haut par simple curiosité,

n'eût-ce été que pour voir en détail la maison de la comtesse. Il aurait pu discuter avec Herrmann ou avec Rita, car plusieurs hypothèses étaient plausibles.

On aurait dit au contraire que l'événement lui avait rendu sa sérénité hautaine. Il pensait tout seul, se promenait seul et, pour lui seul, il avait des sourires furtifs dont nul ne connaissait le secret.

Rita trouva sur la feuille qui avait toujours sa place sous l'encrier les phrases suivantes :

Je me demande parfois si la comtesse et Nic ont vraiment eu assez de noblesse pour se lancer dans l'ultime aventure. C'était pourtant la seule manière de sauver leur prestige et de réveiller un peu d'admiration dans le public, comme Burns, avant eux, l'a stoïquement compris.

Ainsi donc, Müller ne croyait pas que Kraus, poussé à bout, avait tué ses compagnons devenus ses ennemis. Rita connaissait l'histoire du Norvégien Burns, qui s'était installé aux Galapagos à grand renfort de publicité et qui, comprenant qu'il ne pouvait plus y vivre, avait préféré se noyer qu'avouer sa défaite.

C'était même le bateau qui avait amené Müller et Rita, qui avait découvert son cadavre boucané sur la plage d'un îlot.

Est-ce que, comme se le demandait le professeur, la comtesse von Kleber avait eu ce courage? Alors, quand le couple buvait, la nuit, en jouant du phonographe, c'était sa dernière bouteille de whisky? Quand ils avaient annoncé qu'un yacht allait venir les prendre, c'était une ultime bravade?

Ils seraient partis tous les deux, dans l'obscurité, jusqu'à quelque point de la côte et ils auraient marché peu à peu vers les eaux profondes?

Pourquoi Müller avait-il ajouté dans un autre angle de la feuille.

Ceci prouve ce que j'ai toujours soutenu, à savoir que ce qu'on appelle les îles enchantées ne sont pas un endroit pour la colonisation, ni pour quelque entreprise que ce soit. La nature s'y défend elle-même contre l'orgueil des hommes. Hier, j'ai trouvé un taureau mort contre la palissade du jardin et, ce matin, j'ai partagé un seau d'eau entre deux ânes qui n'avaient plus la force de se tenir debout. Si la Providence n'a pas pitié de ces créatures, elles devront toutes mourir...

Il avait conclu d'une écriture plus menue encore :

Et sans doute sera-ce très bien ainsi.

Rita s'étonna du peu d'effet que lui faisaient ces lignes sinistres. Les derniers événements semblaient avoir épuisé les possibilités de réaction de chacun.

Jamais on n'aurait pu imaginer que les choses se passeraient de la sorte. Rita, pas plus que Müller, n'alla là-haut, et le lendemain Herrmann vint s'asseoir timidement, comme d'habitude.

— Ils n'avaient plus rien à manger ni à boire, annonça-t-il.

Il constatait un fait, sans s'émouvoir.

— Je ne crois pas que Kraus soit capable de tuer.

D'ailleurs, qu'aurait-il fait des cadavres? Il n'a pas eu le temps, tout seul, de...

Müller écoutait-il? N'observait-il pas plutôt son visiteur comme il eût observé un phénomène? Herrmann en perdit le fil de ses idées, abandonna ses arguments contre la culpabilité de Kraus et se précipita la tête basse vers son but.

— Il y a encore quelque chose qu'il faut que je vous demande. Vous savez que, légalement, Kraus était l'associé de la comtesse. Dans ce cas, les matérieux qui restent lui appartiennent, à tout le moins pour un tiers. Comme il n'a pas d'argent pour regagner l'Europe, il voudrait nous vendre les objets qui nous intéressent. Je lui ai répondu que je vous en parlerais...

— Que voulez-vous racheter?

— La maison! avoua Herrmann en regardant ailleurs... Maintenant que nous avons un enfant de plus, ce serait pratique... J'ai offert tout ce que je possède ici, quarante dollars, et il est prêt à accepter...

C'était une véritable succession! Herrmann poursuivait, tentateur :

— Il propose de vous céder les outils...

— Quels outils?

— Il y a de tout, des scies, des limes, des rabots, puis des clous, des boulons, des écrous...

La voix de Müller fit :

— Combien?

— Ce que vous pourrez donner.

On le vit se lever, ouvrir un coffret de fer et fouiller dans un portefeuille d'où il tira deux billets de dix dollars.

— Voilà, décida-t-il. A condition qu'il m'apporte les outils ici...

Deux jours plus tôt, la comtesse et Nic jouaient encore du phonographe sur leur terrasse et voilà qu'on démontait déjà leur maison.

A part Kraus qui avait couru jusqu'à la plage, à part les velléités d'Herrmann, qui n'aurait pas détesté que tout cela se terminât par une enquête et par des papiers signés, nul n'avait vraiment cherché à savoir ce que le couple était devenu.

Peut-être même préférait-on l'ignorer. On se rabattait sur des soucis matériels et Kraus, oubliant sa pirogue, passait ses journées à démonter cette maison qu'il avait bâtie de ses mains et à la déménager.

Il acceptait comme une chose naturelle que tout soupçon se fût écarté de lui et son regard donnait même l'impression d'être devenu plus franc et plus limpide.

Un matin on le vit venir chez Müller avec une première charge d'outils, suivi de Jef qui en portait d'autres.

— Il faudra que je fasse deux ou trois voyages, car c'est très lourd, annonça-t-il.

Et vraiment, ses allures étaient plus dégagées qu'auparavant.

— Pour ma part, dès qu'un bateau viendra, j'emporterai des objets que je vendrai à terre afin de payer mon passage.

Il était calme. Tout le monde était calme et c'était ce calme qui devenait hallucinant. On ne parlait plus de la comtesse. Seul Herrmann, en se cachant, avait rôdé autour de la maison pour tranquilliser sa conscience et s'assurer que nulle part la terre n'avait été remuée.

Quant à Müller, il examinait ses nouveaux outils avec satisfaction et, dès le lendemain, il mettait en chantier une armoire.

Qu'y enfermerait-il? Sans doute ne le savait-il pas lui-même.

Les événements semblèrent donner raison à l'optimisme tout neuf de Kraus, qui renaissait littéralement à la vie. Un matin, en sortant de chez elle, Rita aperçut la haute silhouette du Norvégien Larsen dans le sentier.

Presque au même moment, Kraus qui, d'en haut, avait vu accoster le petit bateau, arrivait en courant, en criant, en gesticulant.

— Qu'est-ce que je vous avais dit? Je suis sauvé! Je ne mourrai pas ici!

— C'est vous qui avez affiché l'avis? s'informa Larsen.

— C'est moi, oui! Nous allons partir. Vous me conduirez sur le continent et je vous donnerai quarante dollars...

Müller, assis dans son fauteuil, ne disait rien, tandis que Larsen secouait la tête.

— Il n'est pas question de vous conduire en Amérique avec mon bateau. Tout ce que je peux faire, c'est vous déposer à l'île Chatam, à trente ou trente-cinq heures d'ici...

— J'y trouverai des bateaux?

— Il en passe quelquefois. Ma femme est là-bas en ce moment. Je l'y ai conduite pour accoucher et, à l'heure qu'il est, j'ai peut-être déjà un fils...

Malgré lui il cherchait le regard de Rita, et dès qu'il l'eut rencontré, il détourna la tête.

— Qu'en pensez-vous, professeur? Est-ce que je serai sauvé, une fois à Chatam?

— On y compte près de quatre cents habitants, répondit Müller, et il y a de l'eau toute l'année.

— Dans ce cas, nous partons tout de suite! s'écria Kraus. Je monte chercher mes affaires...

— Pas si vite! Nous ne pouvons pas partir avant demain.

— Pourquoi?

Larsen lui montra le calendrier.

— Je ne comprends pas...

— Vendredi 13 juin!... lut Larsen dont le frais

visage semblait pourtant écarter toute notion de superstition. Nous partirons demain.

Mais Kraus ne voulait plus attendre. Son impatience avait atteint le degré extrême où chaque seconde d'attente devient une souffrance. Ce retard, c'était une nouvelle menace qui planait sur lui et il en repoussait l'idée de toutes ses forces.

— Je vous donnerai tout ce que j'ai, soixante dollars, si nous partons ce matin! Dites-lui, professeur, que j'ai déjà trop longtemps langui ici. Dites-lui que je suis malade, que je pourrais mourir...

Le calme de Larsen tranchait avec cette effervescence.

— Je vous en supplie, au nom de votre femme! Tenez, en partant aujourd'hui, vous la reverrez plus vite et vous embrasserez votre enfant...

Larsen se leva, soupira après un dernier regard au calendrier :

— Bon!

— Nous partons? Attendez-moi ici. Je suis de retour dans une heure...

Jamais il n'avait couru aussi vite.

— Personne d'autre ne vient avec moi? questionna le Norvégien en regardant Rita, puis Müller.

Il ajouta :

— Vous avez de l'eau?

— Assez pour un mois.

— Et la... la comtesse?

— Partie.

— Avec quel bateau?

— Avec aucun bateau.

Müller avait son sourire le plus étroit.

— Dites donc, s'effara Larsen, ce n'est pas mon client qui l'a tuée, au moins?

— Je ne crois pas.

Le temps était plus gris que les jours précédents, plus chaud aussi. En attendant Kraus, Larsen bavardait avec Müller et Rita, mais il restait soucieux avec des moments d'inattention.

— C'est une drôle d'histoire, murmura-t-il plusieurs fois.

Et pourquoi Müller lui dit-il, sans appuyer, d'un air négligent :

— Vous ferez peut-être bien de repasser par ici dans quelques semaines...

Il y avait comme un voile entre eux et la vie. On eût dit qu'ils s'agitaient dans un monde sans ombres et sans reflets, sans épaisseur, dans un monde neutre comme les limbes de la foi catholique.

Kraus arriva, suivi des Herrmann au complet, y compris du dernier-né que Maria portait sur ses bras tandis que le père et Jef étaient chargés de valises.

— Ça y est! Nous partons?

— Nous partons, répéta Larsen sans gaieté.

Müller se leva et, tout naturellement, avec Rita

il descendit derrière les autres jusqu'à la plage. On ne parlait pas. On ne savait que dire. Kraus lui-même était plus grave, avec une pointe d'inquiétude dans le regard.

Comme on apercevait le récif où la mer formait une barre assez haute, il questionna :

— Nous aurons du beau temps?

— Du beau temps, non. Mais peut-être pas du trop mauvais temps.

On chargea les valises dans le canot et on ne sut comment s'y prendre pour les adieux. A la fin, comme Larsen s'apprêtait à tourner la manivelle du moteur, Kraus alla de l'un à l'autre, gauchement, baisant les deux joues de chacun.

— Adieu!

— Bonne chance, dit Rita.

— Bonne chance, répéta Maria qui pleurait sans conviction, comme on pleure dans les gares.

— En route! lança Larsen.

Il avait les sourcils froncés quand son regard chercha une dernière fois Rita dans le petit groupe.

— Adieu, prononça Müller, le dernier.

Le canot fut repoussé à la gaffe et le moteur tourna puis l'embarcation décrivit un demi-cercle. Kraus s'était assis pour ne pas perdre l'équilibre. Il agitait la main. Les autres, sur la plage de sable noir, levaient parfois le bras d'un geste vague.

Il fallait attendre, par politesse, que la barque fût sortie du lagon et c'était long, c'était morne, l'eau était d'un vert grisâtre désagréable à regarder et, malgré l'absence de soleil, la réverbération obligeait à fermer à demi les paupières.

Les Herrmann prirent les premiers la direction du sentier. Müller et Rita marchaient à dix mètres d'eux.

— J'aurais dû vous dire de partir, murmura le professeur.

— Pourquoi? s'étonna-t-elle.

Mais il n'ouvrit plus la bouche. Peut-être s'était-il abandonné à un moment d'émotion, à une bouffée de défaillance?

Devant la maison, les Herrmann s'arrêtèrent.

— Au revoir!

Il y avait longtemps qu'on ne se serrait plus la main et pourtant Herrmann tendit la sienne sans s'en rendre compte, le professeur la toucha.

— Vous avez assez d'eau? s'informa-t-il.

— On s'arrange.

— Il pleuvra avant un mois, prédit encore Müller en regardant le ciel lourd.

Le canot de Larsen était déjà loin, invisible dans l'argent glauque de l'océan.

C'était un soir de courbatures et de pensées grises et personne n'eut l'idée de manger. Avant de se coucher, Müller mit pourtant ses outils en ordre, avec des gestes précis de maniaque, tandis que Rita regardait par terre.

Pourquoi avait-il conseillé à Larsen de repasser quelques semaines plus tard?

Et pourquoi, oui, pourquoi, n'était-on pas partis tous ensemble?

Rita avait l'impression d'entendre tinter la sonnette de la petite boutique où elle allait acheter pour deux pfennigs de bonbons, puis elle croyait sentir sur elle le regard naïf et peureux du Norvégien.

— Bonsoir, Frantz!

— Bonsoir...

XIII

Trois mois plus tard, un chalutier américain qui pêchait la morue dans les eaux des Galapagos aperçut sur un îlot la carcasse d'un canot échoué.

C'était loin de Floréana et de Chatam, tout au sud de l'archipel. On mit une embarcation à la mer. Contre le canot, on trouva un premier squelette auquel adhéraient des lambeaux de vêtements. C'était celui d'un homme plus grand et plus fort que les pêcheurs américains eux-mêmes.

Par hasard, un matelot chercha plus loin et, à cinquante mètres sur le sable, découvrit un second squelette étendu face contre terre.

Près de celui-ci il y avait deux valises, dont l'une, éventrée, ne contenait que du linge et de menus objets.

Les Américains laissèrent les corps en place, emportèrent les valises et, deux mois après, en arrivant à San Francisco, firent part de leur découverte aux autorités maritimes et leur remirent les valises

Dans la seconde, il y avait un passeport allemand au nom d'Eric Kraus, âgé de vingt ans, né à Nuremberg.

C'est par les télégrammes de la *Presse Associée* qu'en décembre on apprit à Guayaquil qu'un drame avait éclaté aux Galapagos.

Le *San Cristobal* était en cale sèche depuis des semaines, car il s'était échoué sur la barre lors de son départ pour le voyage d'été et il fallait attendre un mois encore.

Or, le matin du 1er janvier, on vit pénétrer dans la rivière le yacht de lord Bambridge qui alla jeter l'ancre loin des bateaux. Le bruit courut aussitôt qu'il arrivait des Galapagos et que la compagne du docteur Müller était à bord.

Des curieux voulurent s'approcher en canot, mais la police locale intervint et, trois jours durant, le yacht resta aussi isolé que s'il eût été en quarantaine.

Seul, lord Bambridge alla deux ou trois fois à terre, grave et lointain, l'uniforme impeccable. Il eut des entrevues avec son consul, puis avec le gouverneur.

Enfin, un matin, de bonne heure, alors qu'une pluie fine tombait sur la ville, une jeune femme qui marchait à l'aide d'une canne se montra sur le pont, descendit dans la vedette et, un peu plus tard, prit place dans une auto avec l'Anglais.

A sept heures, le gouverneur attendait déjà dans son bureau, avec le procureur et un juge d'instruction.

Tous furent très prévenants envers la jeune femme, qu'on fit asseoir dans un grand fauteuil de drap vert tandis qu'un greffier s'installait au bout de la table et qu'on servait du café brûlant.

— *Rita Ehrlich, née à Dantzig, de nationalité allemande, trente-deux ans...*

La voix de la jeune femme était molle et son regard avait des arrêts brusques, comme s'il eût été dérouté à tout moment par l'aspect du monde.

Lord Bambridge avait, lui aussi, décliné son identité.

— *J'étais au Pérou,* dit-il, *quand j'ai appris par les journaux qu'on avait découvert des cadavres aux Galapagos. J'ai aussitôt changé de route. Je n'ai trouvé, à Floréana, que la famille Herrmann qui avait donné asile à Madame...*

Rita, les yeux secs, raconta d'une voix monotone ce qu'elle savait de la disparition de la comtesse et de Nic, puis du départ de Kraus.

— *Jusqu'au premier orage, je n'avais jamais soupçonné que le professeur fût malade...*

— Pardon, demanda le juge, c'est votre amant que vous appelez le professeur?

Entendit-elle seulement? Elle reprit :

— *... que le professeur fût malade. Mais j'ai compris après qu'il le savait déjà, lui, quand il* *demandait à Larsen de revenir quelques semaines plus tard...*

Le juge voulut encore l'interrompre, mais lord Bambridge le regarda de telle façon qu'il se tut.

— ... *La saison sèche avait été longue et pénible. Tous les jours nous trouvions des bêtes mortes autour de la maison, car elles venaient agoniser près de chez nous, comme si elles s'étaient doutées que nous avions de l'eau... Le matin du 10 juillet, alors qu'il avait plu toute la nuit...*

— Comment connaissiez-vous la date?

— *Par les trous d'épingle... Ce matin-là, Frantz ne s'est pas levé et m'a demandé de lui donner à boire. Puis il m'a dit :*

« — *J'espère que Larsen a bien compris ma recommandation.*

« *A midi, il ne pouvait plus parler. Je ne voulais pas le quitter pour aller chercher Herrmann. Trois ou quatre heures plus tard, il ne voyait plus clair.*

— Vous étiez seule avec lui?

— *J'étais seule, il pleuvait, cette pluie que nous attendions depuis six mois et qui résonnait sur les feuilles de cocotiers...*

Ce fut le seul moment où ses yeux s'embuèrent. Par les fenêtres, on apercevait les rues de la ville qui commençait à vivre. Un bateau américain débarquait ses passagers.

Rita dicta, en détachant les syllabes :

— *Le professeur eut jusqu'au bout une connaissance parfaite de son état. Il savait l'apoplexie mortelle. Il mourut à dix heures du soir, par asphyxie, car il n'avait plus la force de vomir. Les muscles et les nerfs de la gorge se paralysant progressivement, il étouffa.*

— Qu'avez-vous fait alors?

— *Je me suis couchée et j'ai attendu.*

— Dans le même lit que le mort?

— *Il y avait une séparation.*

— Que voulez-vous dire?

Elle ne répondit pas. On eût pu croire qu'elle pensait à autre chose.

— Qui a enterré le corps?

— *Tout le monde, Herrmann, Maria et moi, Jef nous a aidés.*

— Vous n'avez pas d'autre déclaration à faire?

— *Aucune.*

— Que pensez-vous de la disparition de la comtesse et d'Arenson?

— *Je ne pense rien. J'ai peut-être vu la comtesse cinq fois en six mois. Il y avait deux heures de marche entre sa maison et la nôtre.*

— Que pensez-vous du naufrage de Larsen et de Kraus?

— *Je ne sais pas.*

Les trois hommes la laissèrent seule pendant qu'ils s'entretenaient à voix basse dans l'embrasure d'une fenêtre. Elle ne les regarda pas, n'essaya pas de surprendre leur conversation. Elle ne s'occupait de rien. Elle attendait.

— Voulez-vous signer votre déposition? Il est

nécessaire aussi de nous donner une adresse en Allemagne.

Elle leva sur le procureur un regard inquiet.

— Une adresse... répéta-t-elle. Je n'en ai pas!

— Celle d'un ami, d'un parent...

— D'un parent, oui. J'ai ma sœur, qui est restée à Dantzig. Je crois qu'elle est mariée...

Elle donna l'adresse de la pension où sa sœur, qui était étudiante en droit lors de son départ, vivait à cette époque.

Au moment où elle franchissait le seuil, un photographe parvint à s'approcher d'elle et à prendre un cliché. Alors, apeurée, elle se serra contre Bambridge.

— Venez! dit celui-ci.

Il la fit monter dans la vedette du yacht, mais, au lieu d'accoster, ils gagnèrent le milieu du fleuve où un cargo allemand était à l'ancre, entouré de chalands qui embarquaient des sacs de cacao.

L'événement passa inaperçu dans le port. Rita fut poussée le long de l'échelle de coupée et Bambridge lui serra la main tandis que déjà, comme pour la prendre en charge, une autre main se tendait vers la jeune femme, celle du commandant du bateau.

— Je vais vous conduire à votre cabine. On fera un peu de bruit vers dix heures, quand on appareillera, mais ensuite, vous pourrez dormir...

Il y avait des fleurs dans la cabine, dont la porte se referma dès que Rita fut assise sur sa couchette.

A dix heures moins le quart, des journalistes assaillirent l'échelle de coupée, mais le commandant veillait lui-même...

— Rita Ehrlich?... Connais pas! répondait-il. Vous devez vous tromper de navire...

Et quand ils protestaient, le commandant éclatait d'un gros rire.

A midi, tandis que le cargo descendait le fleuve, il arrangea la table de la petite salle à manger où pendant des semaines, jusqu'à Hambourg, il allait prendre ses repas en tête à tête avec Rita.

Ce jour-là, elle ne se réveilla pas avant le soir et elle refusa de sortir de sa cabine où elle resta couchée, les yeux ouverts, à regarder le gros œil rond du hublot, argenté comme une lune.

Tahiti, le 7 mars 1935.

PARUTIONS FOLIO POLICIER

1.	Maurice G. Dantec	*La sirène rouge*
2.	Thierry Jonquet	*Les orpailleurs*
3.	Tonino Benacquista	*La maldonne des sleepings*
4.	Jean-Patrick Manchette	*La position du tireur couché*
5.	Jean-Bernard Pouy	*RN 86*
6.	Alix de Saint-André	*L'ange et le réservoir de liquide à freins*
7.	Stephen Humphrey Bogart	*Play it again*
8.	William Coughlin	*Vices de forme*
9.	Björn Larsson	*Le Cercle celtique*
10.	John Sandford	*Froid dans le dos*
11.	Marc Behm	*Mortelle randonnée*
12.	Tonino Benacquista	*La commedia des ratés*
13.	Raymond Chandler	*Le grand sommeil*
14.	Jerome Charyn	*Marilyn la Dingue*
15.	Didier Daeninckx	*Meurtres pour mémoire*
16.	David Goodis	*La pêche aux avaros*
17.	Dashiell Hammett	*La clé de verre*
18.	Tony Hillerman	*Le peuple de l'ombre*
19.	Chester Himes	*Imbroglio negro*
20.	Sébastien Japrisot	*L'été meurtrier*
21.	Sébastien Japrisot	*Le passager de la pluie*
22.	Pierre Magnan	*Le commissaire dans la truffière*
23.	Jean-Patrick Manchette	*Le petit bleu de la côte Ouest*
24.	Horace McCoy	*Un linceul n'a pas de poches*
25.	Jean-Bernard Pouy	*L'homme à l'oreille croquée*
26.	Jim Thompson	*1275 âmes*
27.	Don Tracy	*La bête qui sommeille*

28.	Jean Vautrin	*Billy-ze-Kick*
29.	Donald E. Westlake	*L'assassin de papa*
30.	Charles Williams	*Vivement dimanche !*
31.	Stephen Dobyns	*Un chien dans la soupe*
32.	Donald Goines	*Ne mourez jamais seul*
33.	Frédéric H. Fajardie	*Sous le regard des élégantes*
34.	Didier Daeninckx	*Mort au premier tour*
35.	Raymond Chandler	*Fais pas ta rosière !*
36.	Harry Crews	*Body*
37.	David Goodis	*Sans espoir de retour*
38.	Dashlell Hammett	*La moisson rouge*
39.	Chester Himes	*Ne nous énervons pas !*
40.	William Irish	*L'heure blafarde*
41.	Boileau-Narcejac	*Maléfices*
42.	Didier Daeninckx	*Le bourreau et son double*
43.	Sébastien Japrisot	*La dame dans l'auto avec des lunettes et un fusil*
44.	Jean-Patrick Manchette	*Fatale*
45.	Georges Simenon	*Le locataire*
46.	Georges Simenon	*Les demoiselles de Concarneau*
47.	Jean Amila	*Noces de soufre*
48.	Walter Kempley	*L'ordinateur des pompes funèbres*
49.	Tonino Benacquista	*Trois carrés rouges sur fond noir*
50.	Dashiell Hammett	*Le faucon de Malte*
51.	Hervé Jaouen	*Connemara Queen*
52.	Thierry Jonquet	*Mygale*
53.	Auguste Le Breton	*Du rififi chez les hommes*
54.	Georges Simenon	*Le suspect*
55.	Emmanuel Errer	*Descente en torche*
56.	Francisco Gonzàles Ledesma	*La dame de Cachemire*
57.	Raymond Chandler	*Charades pour écroulés*
58.	Robin Cook	*Le soleil qui s'éteint*
59.	Didier Daeninckx	*Le der des ders*
60.	Didier Daeninckx	*La mort n'oublie personne*
61.	Georges Simenon	*L'assassin*

62. Howard Fast (E.V. Cunningham) — *Tu peux crever !*
63. Maurice G. Dantec — *Les racines du mal*
64. René Barjavel — *La peau de César*
65. Didier Daeninckx — *Lumière noire*

Impression Bussière Camedan Imprimeries
à Saint-Amand (Cher),
le 3 mai 1999.
Dépôt légal : mai 1999.
Numéro d'imprimeur : 992089/1.
ISBN 2-07-040822-1./Imprimé en France.